JN050619

極上の
大逆転
シリーズ
2024
鳳ナナ
ill. 藤実なんな
Even a lady has
a limit.
淑女の笑みは
三度まで
腐りきった貴族の皆様に
最高の結末を

目次

登場人物紹介
Characters
アルダンテ・エクリュール
{ いばら姫 }
どんな高位貴族にも己を曲げず
悪女として名を馳せるが
ある時、社交界を追放されてしまう。
本来の姿を隠し大人しく過ごすも、
義妹の思惑により悪女に返り咲く。
美しくも、その悪女っぷりから
“いばら姫”と呼ばれる。

クザン・カーディス

{ カーディス王国第一王子 }

親の七光りを盾に
好き放題をしている問題児。
「薔薇庭園—ローゼンガーデン—」
という後宮まがいの
一角を有する。

フレン・カーディス

{ カーディス王国第二王子 }

国王が病に倒れ、
クザンが王位継承することを危惧して
いたなか、アルダンテと出会う。
悪女のアルダンテをなぜか
気に入っているようで…？
要領がよく、掴みどころがない。

アルラウネ・エクリュール

{ 白薔薇姫 }

アルダンテの義妹で、
クザンの一番のお気に入り。
外面は天使のように優しく清純だが、内面
では自分以外のすべてを見下している。

薔薇庭園《ローゼンガーデン》に住む薔薇姫たち

薔薇姫とはカーディス王国の
社交界で特に美しいと言われる
令嬢達に付けられた二つ名で、
クザンの婚約者候補としてに
集められる。

ネモフィラ・アングスト

{ 青薔薇姫 }

公爵令嬢で父は宰相。
身分至上主義で、自分より地位の
低い人々には差別意識を持っている。

マーガレット・ソーン

{ 黄薔薇姫 }

侯爵令嬢で父は財務大臣。
金に物を言わせて豪奢に自分を
飾り立てている。我がままで感情的だが、
人に騙されやすい。

プロローグ

「土下座をして私に詫《わ》びろ！」

　夜会の会場となっていた王宮の広間に男の声が響き渡る。

　多くの年若い令嬢達によって賑《にぎ》わっていたその場所は、叫び声と同時に一気に静まり返った。

「言葉の意味が理解できなかったか？　地に伏せ、床に頭をつけて、今この場で土下座をして私に詫びろと、そう言ったのだ！」

　深紅のドレスを纏《まと》った貴族令嬢は、男の声が自分に向けられているのだと気がつくと、ゆっくりと伏せていた顔を上げる。

　彼女の視線の先にはくすんだ茶髪に鶯《うぐいす》色の瞳を持ち、王族が纏う豪奢《ごうしゃ》な白の燕尾服《えんびふく》を纏った男――カーディス王国の第一王子クザン・カーディスが、端正な顔立ちを不快げに歪《ゆが》めて立っていた。

「私が、ですか？」

「貴様以外に誰がいる？　アルダンテ・エクリュール！」

　周囲で何事かと様子をうかがっていた令嬢達は、クザンの口から発せられた深紅のドレスの令嬢――アルダンテ・エクリュールの名前を聞くと、ヒソヒソと小声で話し始める。

「あれが〝悪役令嬢〟アルダンテ？」

「なに、あの血のように真っ赤なドレスは。華やかな王宮での晩餐会《ばんさんかい》にまったくそぐわない禍々しい装いね」

「噂《うわさ》では歌劇の悪役が舞台から飛び出してきたかのような容姿をしているとは聞いていたけれど……」

「正にその通りね。赤紫の髪色といい、人を見下したような表情といい、見るからに性悪そうな見た目をしているもの」

「あの女、確か以前になにか騒ぎを起こして社交界から追放されたと聞いていたけれど……なぜクザン様主催のこの夜会に紛れ込んでいるのかしら」

口々に語られる明らかな悪意を孕《はら》んだ自分の風聞。

それらを聞いても、アルダンテは怒るどころか顔色ひとつ変えなかった。

彼女にとって、自分の悪い噂を耳にするのは日常茶飯事だったから。

「恐れながらクザン様に申し上げます」

胸元から扇子を取り出したアルダンテは、口元を隠すようにパン！と大きく広げた。

その不敵にも取られる態度に、周囲の令嬢達が驚きの表情で目を見開く。

当然、目の前にいたクザンが怒りに顔を歪めたのは言うまでもない。

だが当のアルダンテはまるで気にした様子もなく――。

「なぜ私が初対面の貴方《あなた》に対して、粗相をしたわけでもないのに謝罪をしなければなりませんの？　意味が分かりませんわ。というわけで――」

扇子で隠れた口元をニィと笑みの形に歪めて、悪女のような表情で言った。

「――答えは〝否〟ですわ。誰が貴方に謝罪などするものですか」

第一章　誰が貴方に謝罪などするものですか

「アルダンテ！　アルダンテはどこ！」

昼時の暖かな日差しが差し込む屋敷の中に、ヒステリックな女の金切り声が響き渡った。

質素なカーキ色のワンピースを着て、雑巾を片手に居間の窓を拭いていたアルダンテは、自分を呼ぶ声の方に視線を向ける。

（あんなに声を荒げて。またお父様と喧嘩《けんか》でもしたのかしら）

アルダンテは最後の窓を拭き終えると、その場に待機して声の主がやって来るのを待つことにした。

やがてドン、ドンと。

上の階から自分の不機嫌さを周囲にまき散らすかのようなわざとらしい足音が聞こえてきた。

足音の主は居間のドアを勢いよく開くと、部屋の中央で待機していたアルダンテに向かって大声で叫ぶ。

「このノロマ！　いつまで一階の掃除をしているのよ！　日中までに二階を含めた屋敷中の掃除を終わらせておけと言ったでしょう！」

そこにはいかにも貴族らしい豪奢なドレスを纏った、金髪の中年女性――バーバラ・エクリュールが、眉間に皺《しわ》を寄せて怒りの表情で立っていた。

「申し訳ございません、お母様。すぐに二階を掃除しに参ります」

「お待ちなさい！」

バーバラはアルダンテの横を通り過ぎて窓際に近づくと、注意深く窓枠を見つめてから端の方を人さし指でなぞる。

そしてわずかに指先についた汚れをアルダンテに見せつけて言った。

「まだ汚れが残っているじゃない！　早く終わらせたいからって適当に済ませられると思ったら大間違いよ！　やり直しなさい！」

「……はい。仰せのままに、お母様」

内心ではうんざりしながらも表情に出さずにそう答える。

そんなアルダンテを見てバーバラはフンと鼻を鳴らした。

「まったく本当に使えない子ね。掃除のひとつも満足にできないなんて。娘がこの調子なら、母親もさぞ出来の悪い女だったのでしょうね！」

バーバラは現在、屋敷の主であるエクリュール伯爵の夫人という立場にあるが、アルダンテと血の繋《つな》がりはない。

現在十八歳であるアルダンテが二歳の時、彼女の母親は病で亡くなった。

バーバラはその後、アルダンテの父マクシムスが後妻として娶《めと》った他家の貴族の女である。

嫉妬深かったバーバラは、家に飾られた絵画に描かれている、マクシムスの前妻の肖像画を見る度に怒りを募らせ、アルダンテをいじめていた。

理由はアルダンテの赤紫色の髪色や紫色の瞳。

そしてなにより顔立ちが、マクシムスに愛されていた前妻にそっくりだったからだ。

侍女の仕事である掃除をアルダンテにわざとやらせているのも、嫌がらせの一環である。

そんなバーバラに対して、気が強かった幼い頃のアルダンテは反抗的な態度を取っていたが――

「……申し訳ございません」

とある理由により、三年前の十五歳の時からバーバラの理不尽な命令にも従順に従うことにしていた。少なくとも、表面上は。

それをいいことにバーバラの嫌がらせは日に日に激しく、陰湿になっている。

「日が落ちるまでには埃《ほこり》ひとつ残すことなく屋敷中を完璧に掃除しておきなさい。それまで食事は抜きにしますからね。いいわね？」

「承知いたしました」

チッ、と舌打ちをしてバーバラが居間から出て行った。

バーバラの後ろ姿を見送った後、アルダンテは窓際の棚に置いてあったハタキを手に取る。

「……仕方ないわ。これは自由を得るためにお父様と交わした契約の代償なのだから」

そうつぶやくアルダンテの表情は暗い。

なぜなら彼女は今日、この屋敷で自分が受ける理不尽な扱いが、これで終わりではないことを知っていたからだ。

「でも、それもあと少しの辛抱よ」

首を左右に振って気を取り直したアルダンテは、一度終えた窓枠の埃取りを言いつけ通りに再び始めるのだった。


――――


「こんなところにいたのね。探したわよ、お姉様」

昼が過ぎ、ようやく一階の掃除をすべて終えた頃。

アルダンテは廊下の途中で小柄な少女に声をかけられた。

「……なんの用でしょうか？　掃除の途中なのだけれど」

窓から差し込む日によって白く透き通って見える白金の髪。

裾や袖のところどころにレースがあしらわれた、見るからに高価な純白のワンピースを着た彼女の名前は、アルラウネ・エクリュール。

父マクシムスとバーバラの間に生まれた子供である彼女の年齢は、今年で十五歳。

アルダンテの義妹にあたる存在である。

「なあに、その格好。みっともない。まるで召し使いね」

アルラウネは口元に手を当てると、意地が悪い笑みを浮かべてそう言った。

朝から掃除に掛かり切りだったアルダンテのワンピースは、煤《すす》や埃によってところどころが黒く汚れている。

アルラウネはそんな惨めな義姉の有様を指して嘲笑を浮かべたのだろう。

だが、そもそもそれを差し引いても、元より平民のように質素なアルダンテの服と上質なアルラウネの服では、主と召し使いほどの差があった。

「やめてよね。仮にもお姉様はエクリュール家の長女なんだから。そんなみすぼらしい姿で外を歩かれたら義妹の私の評判にまで傷がついてしまうじゃない」

数か月前に社交界デビューを果たしたばかりにも関わらず、アルラウネはその可憐《かれん》な容姿と立ち振る舞いから、すでに国中の有力な貴族から求婚が殺到するほどの人気を博していた。

そんな彼女を父マクシムスも義母バーバラも自慢の娘として、高価な服や宝飾品をこれでもかと与えて、蝶《ちょう》よ花よと可愛がっている。

家族に対する親愛の情などとうに存在しないアルダンテには、両親に愛されているアルラウネをうらやましく思う気持ちは一切なかった。

無関心だったといってもいい。

だが顔を合わせる度に自分を見下してくる、彼女の舐《な》めた態度に関しては当然不快に思ってはいた。

本来なら調子に乗ったその顔に平手打ちのひとつでもお見舞いして、しっかりと躾《しつけ》をしてやりたいところだったが――

「あ、そういえばお姉様は社交界を出入り禁止になって以来、お父様の言いつけでこのお屋敷から出れないんだっけ。じゃあお姉様のせいで私が恥をかく心配はなさそうね。よかった」

アルラウネの言う通り、三年前のとある出来事から社交界を出入り禁止にされたことで家の評判を落としたアルダンテは、自分とは真逆で人気者の義妹に対して強く出られない状況にあった。

「用がないなら行きますわ。まだ二階の掃除が残っていますので」

「そんなに邪険にしないでよ。せっかく可愛い妹が可哀想なお姉様に素敵なプレゼントをしてあげようっていうのに」

そう言ってアルラウネはアルダンテの手を取ると、透明に透き通った白い宝石が中央に収まった首飾りを握らせる。

「……どういうつもりかしら?」

「それね、ロディ様から頂いたの。でもいらないからお姉様に差し上げるわ」

その名を聞いた途端、アルダンテは眉をしかめて無表情を保っていた顔を険しくした。

ロディ・バラクはバラク伯爵家の子息で政略結婚によって結ばれたアルダンテの婚約者である。

アルダンテに会うために頻繁に屋敷を訪れる彼とアルラウネは当然面識があった。

そして婚約者の妹に装飾品の贈り物をすること自体は特別不思議なことではない。

それなのにアルダンテが顔をしかめた原因は、アルダンテとロディの関係性にあった。

「確かお姉様、ロディ様に一度も贈り物を頂いたことがなかったのでしょう？　よかったじゃない。私のお下がりでも、ロディ様からの気持ちがこもっていることには変わりはないし。あはっ」

婚約者になってからの三年間、アルダンテに対してロディは、一度も贈り物はおろか、愛の言葉を囁《ささや》いたことすらなかった。

アルダンテとしてはただの政略結婚で、共にいることは義務でしかないロディに、恋人同士の甘い関係を期待したことなど一度もない。

ロディにとってもそれは同じだっただろう。

しかし、婚約を結んだ者同士、最低限の礼儀は互いに払ってしかるべきだとアルダンテは考えていたし、それ故にロディの機嫌を損ねるような振る舞いは決してしなかった。

それなのにロディが、あろうことか自分と仲の悪い義妹に、内緒であんなにも立派な首飾りを贈っていただなんて。

婚約者に対する礼を失したその行いはとても看過できるものではなかった。

「この首飾り……いつロディにもらったのですか？」

「一か月前にお姉様とお父様に大事な話があるって言ってここに来た時があったでしょう？　その時頂いたのよ。愛の言葉と一緒にね」

信じられない、とアルダンテは呆《あき》れて言葉を失った。

一か月前、ロディはアルダンテとの正式な結婚をする日程の相談にこの屋敷を訪れている。そんな話をしに来た傍らで実はアルラウネと逢い引きし、あろうことか愛を囁き首飾りを贈っていただなんて。

「ロディ様、誠実そうに見えるのは見た目だけね。二十五歳にもなって十も年下の婚約者の妹に言い寄ってくるだなんて、本当に気持ち悪い方。それに――」

アルラウネがアルダンテの手に握られた首飾りの宝石を指さす。

「その首飾りに埋め込まれている宝石。ロディ様は君のためにこの国で最高の宝石を用意した、なんて言っていたけれど――ほら」

呆然《ぼうぜん》としているアルダンテの手から首飾りを奪い取ったアルラウネは、それを窓から差す光にかざした。

「宝石なんかに縁がないお姉様は知らないだろうけど、この国で作られた最高品質の一等級の宝石は太陽の光で透かすと国の紋章が影になって浮かび上がるの。それがない時点でこれは二等級以下の量産品。そんな紛《まが》い物で喜ぶ女は二流以下もいいところよね」

フン、と鼻を鳴らしてアルラウネは首飾りを再びアルダンテの手に握らせた。

「まあこの国で一等級の宝石をプレゼントできる人なんて王室に連なる方ぐらいのものだろうから期待なんてしてなかったけれど」

肩をすくめた彼女はアルダンテに背を向ける。

そして顔だけ振り向くと、見下したような目をして言った。

「それ。私はいらないけれど、お姉様にはお似合いでしょう？　二流以下の婚約者同士、末永くお幸せにね。あははっ！」

高笑いをしながら廊下を歩いていくアルラウネが視界から消えた後。

アルダンテはため息をつきながら、首飾りを握り締めた。

こんなもの、今すぐに窓から投げ捨ててしまおうか。

「……いえ。まだ本当のことと決まったわけではないわ」

アルラウネが私をからかうために口から出まかせをいっている可能性もあった。

投げ捨てるのはロディ本人に本当にアルラウネに首飾りを贈ったのかを確認してからでも遅くはない。

気を取り直したアルダンテは掃除を再開するために、二階に向かおうとして——

「……あれは」

窓から見える外の庭に見覚えのあるひとりの男の姿が見えた。

栗色《くりいろ》の髪をして仕立てのいいスーツを着た若い貴族の男――ロディである。

「確認、するべきなのでしょうね」

踵《きびす》を返したアルダンテは、ロディを出迎えるために屋敷の玄関に向かう。

すると、そこにはすでに入口のドアを開けて屋敷の中に入ってきていたロディが、いつも通りの笑顔で立っていた。

「ごきげんよう、アルダンテ。珍しいですね、普段外にほとんど出ない貴女《あなた》と玄関で顔を合わせるなんて――うん？」

ロディはアルダンテの服に気がつくと、少し困ったように眉根を寄せる。

「まるで召し使いのような格好だ。屋敷の掃除でもしていたのですか？」

アルダンテの目の前まで歩み寄ってきたロディは、服についていた汚れを優しく手で払った。

「家の役に立とうとするお気持ちは立派です。でもそういったことは侍女に任せて、貴女はもっと貴族のご令嬢らしく、優雅に振る舞ってもよいのではありませんか？」

そう言って優しく微笑《ほほえ》みかけてくるロディの表情は、心からアルダンテのことを思いやっているように見える。

今までのアルダンテであれば、そんなロディのことを疑う気持ちなど微塵《みじん》もなかっただろう。

しかしアルラウネの話を聞いた今となっては、彼の表情や言葉のすべてが怪しく見えて仕方がなかった。

「ごきげんようロディ様。突然いらっしゃるだなんて、一体どうされたのですか？」

「近くを通る予定があったので、せっかくですしエクリュール家の方々にご挨拶をと思いまして」

そう言った後、不意にロディは視線を泳がせると、そわそわと落ち着かない素振りをしながら口を開く。

「ところでアルラウネ……妹君の姿が見えませんが、今日はお出かけでもされているのですか？」

「アルラウネになにか御用でも？」

平然とした素振りを装って聞き返すと、ロディは慌てた様子で早口に答えた。

「いえ！　特別用があったわけではないのですが……その、僕のことについてなにか話していませんでしたか？」

「特になにも聞いておりませんが」

「そうですか……」

肩を落としあからさまに落胆するロディに、アルダンテは呆れた表情で小さく嘆息する。

目は口ほどに物を言うという言葉があるが、この様子ではほとんど自分が黒だと言っているようなものだ。

アルダンテはスカートのポケットにしまっていた首飾りを握り締めると、意を決して口を開く。ロディの浮気を問い詰めるために。

「ロディ様。貴方はアルラウネに――」

しかしその言葉が最後まで発せられることはなかった。

ロディの背後でガチャリ、と音を立てて。

入口のドアが外側に向かって開いたからだ。

そこには長い白髪を後ろで結わえた長身の男が立っている。

人のよさそうな温和な顔立ちをして、仕立てのいい高級感のある黒いスーツを着たその男の名はマクシムス・エクリュール。

アルダンテの父にしてエクリュール伯爵家の当主である。

「お帰りなさいませ、お父様」

「………………」

会釈をするアルダンテをマクシムスは無言のまま一瞥《いちべつ》する。

その目は自らの娘に対するものとは思えないほどに冷たく鋭かった。

(私はお父様の敵、みたいなものだものね)

マクシムスが寵愛《ちょうあい》していたアルダンテの母はアルダンテを産んだことをきっかけに体調を崩し、そのまま病に伏せって亡くなっている。

マクシムスからすればアルダンテさえ生まれてこなければ最愛の妻を失うことはなかったのだ。

たとえ実の娘とはいえ、アルダンテが憎まれるのも無理からぬことだったといえるだろう。

（それにこの人は元から自分以外の誰も信用なんてしていない。私以外に対しても、表向きは普通に接していても目の奥は決して笑っていないもの）

幼い頃、アルダンテがマクシムスの書斎に誤って入ってしまった時に、机の上で見つけた書類——そこにはエクリュール家と親交がある貴族達の詳細な情報が記されていた。

中には彼らの不正が記されたものも。

それを見た幼いアルダンテは、いかにマクシムスが他人を信用していないかを知り、自分の親ながら得体の知れない不気味さを感じたのだった。

「来ていたのかね、ロディ君」

マクシムスはロディに視線を移すと、穏やかな声音で言った。

「我が家になにか御用かな？」

「いえ。近くに来たから寄っただけで特にこれといった用は——」

「ならばお引き取り願おう。これから家族だけで折り入った話があるのでね」

「えっ？」

普段はまるで実の父子のように親交があるマクシムスに、有無を言わさずに帰れと言われるなど思ってもいなかったのだろう。

ロディは口を開けたまま呆然としていた。

そんな彼の横をマクシムスは気にかける素振りもなく通り過ぎていく。

それを見てアルダンテは父の身に。あるいはエクリュール家に。

なにか重大なことが起こったことを察した。

(いつもは外面のいいお父様が、取り繕う余裕をなくしている。確か五日前から王都に行かれていたはずだけれど、一体なにがあったの?)

「……なにをしている」

アルダンテが思案に耽《ふけ》っていると、不意に廊下を歩いていたマクシムスが振り返った。

その視線はロディではなく、アルダンテの方を向いている。

「お前も来なさい。家族で話があると言っただろう」

それだけ言うと、マクシムスは返事も聞かずに居間の方に歩いて行った。

「仰せの通りに」

ロディにアルラウネとの関係を問い質したい気持ちはあったが、エクリュール家において当主であるマクシムスの言うことは絶対。

たとえそれが三年もの間、屋敷の敷地内から一歩も外に出るなという命令であったとしても、アルダンテは従わなければならなかった。

なぜなら――。

（約束だもの。仕方ないわ）

アルダンテはマクシムスとある約束を交わしている。

四年間、口答えせずに大人しく家族の言うことに従い、なにも問題を起こさないこと。それを守れたなら謹慎を解除して、その後は常識の範囲内であれば好きに振る舞うことを許すというものだった。

普段は口答えを許さず、厳しく罰することを是とするマクシムスだったが、ただ罰を与えただけでは気が強いアルダンテを従順にさせることは無理だと思ったのだろう。

わざわざ契約の書面まで用意されて目の前にチラつかされたその褒美に、アルダンテはまんまと飛びついた――フリをした。

（自由を与えるなんて口実で四年間も厳しい教育を施して、もう二度と逆らう気を起こさせないようにするつもりだったのでしょうけど――そんなことでこの私を手懐けられると思ったら大間違いよ）

アルダンテはその約束をのみ、三年が過ぎた今、約束の期間は残り半年と迫っていた。

（今更どんなにお父様にぞんざいに扱われようがどうってことはないわ。あとたった半年我慢すればいいだけだもの。たとえ家族だったとしても、貴族が書面で交わした約束は絶対。破ることは許されないのだから）

さっさと歩いて行くマクシムスの背中を、アルダンテは早足でついていく。

その途中、アルダンテは呆然としているロディにすれ違い様に声を掛けた。

「ロディ様」

不意にアルダンテが、手に持った首飾りをロディに向かって放り投げる。

ハッと正気に戻ったロディは反射的にそれを受け取りながら、眉をしかめて口を開いた。

「危ないじゃないですか。突然物を投げるなんて――えっ⁉」

受け取った物がアルラウネに贈った首飾りだと気づいたロディが、目を見開いて驚きの表情を浮かべる。

とても演技とは思えないその反応からアルダンテは、ロディが自分にバレないようにアルラウネに口止めをして首飾りを贈ったであろうことを察した。

（まさかバラされた上に、私づてに贈り物を突き返されるなんて思ってもいなかったでしょうね）

「アルラウネと貴方がどういった関係なのかはまた次の機会に、ゆっくりと聞かせて頂きますわ。それではロディ様、ごきげんよう」

「な、なぜ君がこれを……ち、違うんだ！　これを贈ったのは別に深い意味があったわけじゃなくて――」

慌てた様子で言い訳を垂れ流すロディに背を向けると、アルダンテはその場を後にする。

「惨めな方……でも」

浮気をするロディを強く叱責できず、別れることすら自分の意思では決められない。

父親に逆らえず、家族の言いなりでしかない今の弱い立場の自分も、他人から見たらきっと惨めな人間に見えるのだろうと。

アルダンテはひとり、乾いた自嘲の笑みを浮かべるのだった。


――――


綺麗《きれい》な服に着替えてから居間に行くと、そこにはすでに家族が勢揃《せいぞろ》いしていた。

テーブルを挟んで置かれたふたつのソファにはバーバラとアルラウネ。

その対面にはマクシムスが座っている。

「私の隣に座りなさい」

マクシムスに促されてソファに腰掛ける。

対面ではバーバラとアルラウネがあからさまに不愉快な表情をしていた。

「ちょっとお父様！　なぜお姉様がここに同席しているの？　今からするのは家族での話し合いでしょう？」

「そうよ！　私はこの娘を家族とは思っていませんからね！　ほら、さっさと部屋から出て行きなさい！」

怒り出すふたりを前にマクシムスは普段と変わらない穏やかな声音で言った。

「アルダンテにも関係のある話だ。問題はない」

「でも！」

「……私に口答えする気か？」

「……っ」

穏やかな表情のまま低い声で放たれた威圧に、アルラウネは怯えた顔でビクッと身体《からだ》を震わせる。

(変ね。いつもはアルラウネにだけは甘いお父様が、こんな威圧的な言い方をするだなんて)

続いてマクシムスはすぐさまバーバラにも視線を動かして、釘《くぎ》を刺すように言った。

「お前も黙って話を聞きなさい。いいね？」

「……分かりましたわ」

恨めしそうにアルダンテを睨《にら》みつけながらバーバラが口を閉じる。

そうして全員が押し黙ったのを確認すると、マクシムスは静かに口を開いた。

「一週間後。王宮で夜会が行われる」

王宮――エクリュール家が忠誠を誓うカーディス王国の国王、カーディス八世が住まう宮殿である。

現在カーディス王は王妃を病で亡くしてからすぐに、同じ病で床に伏せており、その容態は日に日に悪くなる一方だと噂されていた。

そんな時に王が眠る王宮で、貴族達が一夜の社交に戯れる夜会を開くなど不敬にもほどがあるが、それを唯一可能としている人間がこの国にひとりだけいる。

「夜会の主催者は……クザン様だ」

カーディス王国の第一王子クザン・カーディス。

亡き王妃と国王の間に生まれた王子であり、次期国王になることがほぼ確実と言われている男。

クザンは国王が病に伏せてからというもの、すでに自分が国王になったかのように我が物顔で横暴な政治を行っていた。

そんな彼に対して貴族の一部は諫言《かんげん》するどころか、媚《こ》びを売り、取り入ろうとしている。

マクシムスもその内のひとりだった。

「クザン様はおっしゃられた。夜会に招待された令嬢の中から婚約者を誰にするか決めると」

クザンは齢《よわい》二十一歳でありながらも、未だ決まった婚約者がいない。

しかし最近になって、クザンが婚約者になりうる令嬢を探しているという噂が、貴族の間でまことしやかに流れ始める。

その噂を裏づける理由も、最早時間の問題と言われるクザンの王位継承に向けて、有力な貴族の娘と婚約を結ぶことにより、権力をより強固にするためだと言われれば誰しもが納得した。

そしてクザンが積極的に婚約者探しを始めると、野心で目が眩《くら》んだ貴族達は自分の家から将来の王妃を輩出する千載一遇の機会だと、こぞって娘を差し出し始める。

そんな中での今回の夜会である。

この機を野心家のマクシムスが見逃すわけがなかった。

「そして我が家にもその夜会の招待状が届いた。つまり……分かっているね、アルラウネ」

「ご安心を、お父様。クザン様の婚約者の座は必ずや私が射止めて見せますわ」

自信に満ち溢《あふ》れた顔でアルラウネが答える。

それに続いてバーバラが立ち上がり、アルラウネの両肩に手を置いて嬉しそうに言った。

「そうよアルラウネ！　社交界で〝白薔薇《ばら》姫〟と賞賛されている貴女なら、絶対に王子様の婚約者になれるわ！　私の自慢の娘ですもの！」

満更でもなさそうに微笑むアルラウネ。

そんな義母と義妹の姿をアルダンテは冷めた表情で見ていた。

どうして私はここに呼ばれているのだろうと。

今の話を自分が聞く必要がどこにあったというのか。

問いかけるようにマクシムスに視線を向けた。

すると彼はアルダンテの方を見て、穏やかな表情で口を開く。

「お前も王宮にふさわしいドレスを準備しておきなさい。くれぐれもそのようなみすぼらしい格好を社交の場で晒《さら》さないように」

「……え？」

アルダンテの口から驚きのあまり声が漏れる。

（クザン様の夜会に招待された……？　社交界を追放された、私が？）

アルダンテが困惑していると、対面に座っていたふたりが怒りの表情で声を荒げた。

「お父様！　今のはどういうこと⁉　お姉様も夜会に呼ばれたの⁉」

「断って貴方！　こんな娘を王宮に行かせたら今度はどんな問題を引き起こすか分かったものではないわ！」

怒りが収まらないのかさらに言葉を重ねようとするふたりを前に、マクシムスはゆっくりとソファから立ち上がる。

「……っ」

「あ、貴方……」

バーバラとアルラウネは口をつぐまざるを得なかった。

頭上から見下ろしているマクシムスの顔が、穏やかな顔から無表情に変わっていたからである。

この家の者ならば誰しもが知っていた。

それがマクシムスの怒りの表情だということを。

「夜会に招待されたのはアルラウネとアルダンテのふたりだ。ふたりとも、エクリュール家の名に恥じぬ振る舞いをしてきなさい」

そう言ってマクシムスはソファから立ち上がると、振り返りもせずに居間から出て行く。

マクシムスがいなくなった後、アルラウネは怒りに震えながら立ち上がった。

「自分が選ばれたなんて思わないことね！　お姉様なんて私のついでにお情けで呼ばれただけに違いないんだから！」

「アルラウネ！　待ちなさい、アルラウネ！」

不機嫌さを全面に押し出しながら早足で部屋を出て行くアルラウネ。

その後を追うために、バーバラはソファを立ち上がろうとして――

「――アルダンテ！」

アルダンテに向かって振り返ると、パン！と頬《ほお》を平手で打った。

「王宮に招待されたからといってここでのお前の立場は変わりませんからね！　さっさと掃除に戻りなさい！」

言うだけ言うとバーバラもすぐに部屋から出て行った。

ひとり残されたアルダンテは、打たれて痛む頬を手で押さえる。

そしてボソリと、誰にも聞こえないような小声でつぶやいた。

「貴女達に言われずとも、夜会に出たところで今の私の状況が変わるなんて期待していないわ。それに――」

(第一王子クザン……私を招待してなんのつもりかは知らないけれど)

「――王宮にいる腐った貴族共のおもちゃにされるなんて、死んでもお断りよ」

――――

一週間後。日が落ちて、夜の帳《とばり》が降りる頃。

王宮の広間では第一王子クザン主催の夜会が開かれていた。

シャンデリアに照らされた広間には、大勢の年若い貴族の令嬢達が集まり、異様な雰囲気になっている。

家の威信をかけた豪奢なドレスや宝飾品で着飾った彼女達は、主催であるクザンの登場を、期待と緊張の入り交じった表情で、今か今かと待ち焦がれていた。

そんな中、アルダンテはひとり、人気のない広間の隅で壁に寄りかかるように立っている。

アルダンテが纏う深紅のドレス――それは家で迫害されているため、まともな服を持っていない彼女が唯一持っている、夜会用のドレスだった。

アルダンテの亡き母親が残した唯一の形見であるそれは、まるで血に染められたかのような鮮やかな赤色をしていたため、壁際を通りかかる令嬢達は皆、アルダンテを見かける度に眉をしかめていた。

しかし当の本人はまるで気にした素振りもなく、澄ました顔をしている。

(ずっと家でお母様と妹の嫌がらせに耐えてきたのだもの。たとえ三年前のような仕打ちにあったとしても、今ならきっと我慢してみせるわ)

今ここで問題を起こすようなことがあれば、父は容赦なく自分を家から追い出して修道院送りにでもしてしまうだろう。

伯爵令嬢という肩書や金に執着はないけれど、三年前に社交界を追放になった時のように、腐った馬鹿な貴族達のせいで自分だけが割を食うのは、アルダンテにとっては無性に腹立たしいことだった。

それに三年間家族の嫌がらせに耐えてきた自分の努力もすべて無駄になってしまう。

(そうなるぐらいだったら、一時の屈辱を受けるなんてどうということはないわ。王宮に私が呼ばれたのも、妹が言う通りおそらくついでだろうから、もうここに来ることもそうそうないだろうし)

とにかくこのまま壁の花になって今夜をやり過ごせればそれでいい。

今のアルダンテの心にあるのは、ただそれだけだった。

そんな風に思いながら、無為に時間を過ごしていると——

「…………？」

アルダンテの方に向かって、煌《きら》びやかな令嬢の集団が歩いてきた。

目の前で立ち止まった彼女達は、アルダンテを見て見下したように笑う。

「見てあの血のように真っ赤なドレス。気味が悪いわ」

「それに愛想のかけらもないあの顔。見るだけで嫌な気分になるわねまったく」

「どうせ数埋めで呼ばれた家格の低い田舎貴族の娘でしょう？」

「あれと一緒にされるなんて、私達の株まで下がるじゃない。さっさとここから出て行ってくれないかしら」

その言動からアルダンテは、彼女達がまだ社交界に入ってきたばかりの年若い十四、五歳の娘達だと察した。

（……私のことを知らないのね。もし知っていたらこんなふざけた態度を取るはずがないもの）

ため息をついたアルダンテは、令嬢達と関わらないようにするためその場から離れようとする。

すると、令嬢達の中心にいたひとりの娘が甲高い声を張りあげて言った。

「――逃げるんじゃないわよ、アルダンテ・エクリュール！」

歳は大体アルラウネと同じくらいだろうか。

小さな宝石をふんだんに散りばめた、過剰に豪華な黄色のドレスを纏った、蜂蜜色の金髪をしたその令嬢は、アルダンテを見ると目を細めた。

足元から頭まで、じっくりと値踏みするかのように。

「ふぅん。噂には聞いていたけれど、見るからに悪女って感じね。そのなりでよくこの場に招待されたものだわ。色物枠ってとこかしら」

金髪の令嬢の言葉に、周りの令嬢達が顔を見合わせる。

「エクリュール……？」

「マーガレット様。この女があの〝白薔薇〟ですか？」

「でも全然白くないわよ？　それに白薔薇の名前は確かアルラウネだったような」

金髪の令嬢――マーガレットは、意地が悪そうな笑みを浮かべながら、困惑している令嬢達に言った。

「アルラウネは妹の方。この女は白薔薇の姉のアルダンテ。陰湿な方法で周りの令嬢や令息達に嫌がらせばかりをしていたせいで、三年前に社交界から追放されたとんでもない悪女よ」

「まあ、なんて恐ろしい！」

「道理でいかにも悪女らしい顔をしているわけですわ！」

令嬢達の好き勝手な言葉に対してアルダンテは弁解しようとして、やめた。

なにを言ったところで、最初からこちらを馬鹿にする意図がある相手には無駄だと思ったからだ。

しかしマーガレットはアルダンテの無言を無視されていると思ったらしい。

「無視してんじゃないわよ！　妹がクザン様のお気に入りだからって、手を出せないとでも思っているの!?　エクリュールなんて田舎貴族の娘、私にかかれば今この場で人前に出れないようにすることだって――」

「――まあ、下々のお猿さん達は野蛮ですこと」

マーガレットの声に割り込むように聞こえてきた高圧的な女の声。

そこには鮮やかな青いドレスを身に纏った青髪の令嬢が立っていた。

マーガレットは青髪の令嬢の方を見ると、苛立たし気に口を開く。

「誰が下々の猿ですって？　訂正しなさいよネモフィラ！」

青髪の令嬢――ネモフィラは、首を横に振って肩をすくめながら言った。

「あんな方々と一緒にいたら私達の品位まで疑われてしまいますわ。ねえ、〝白の薔薇姫さん〟？」

ネモフィラがアルダンテ達の奥に向けて問いかける。

薔薇姫――カーディス王国の社交界で特に美しいと言われる令嬢達に付けられた二つ名である。

その中でも白の薔薇姫は最も純粋無垢《じゅんすいむく》な乙女に冠せられる名前だった。

（会場にいるはずなのに見かけないと思っていたけれど、ようやくおでましね）

ネモフィラが声をかけた方にアルダンテが視線を向けると、そこには純白のドレスを纏うアルラウネが立っていた。

「ネモフィラ様、そのような酷《ひど》い言葉をかけてはいけませんわ」

アルラウネが微笑む。

それはまるで悪意という言葉を知らない、天使のような可憐な微笑みだった。

「私達は皆、栄えある王家主催の夜会に招待された由緒正しき家柄の娘同士。お互いに敬意を持って接するべきです。ねえ、皆さま？」

アルラウネの問いかけに、周囲でアルダンテ達を遠巻きに見ていた他の令嬢達は、両手を胸の前で組み、心酔しきった様子で口を開く。

「ああ、今日もお美しいわ。〝純白の薔薇〟アルラウネ様……」

「ええ。まるで地上に舞い降りた天使のよう……」

「あの可憐な容姿に純粋無垢なお人柄……伯爵家の娘でありながらクザン様のお気に入りというのも納得ね……」

「あの方と並んだら私達がクザン様の婚約者に選ばれる可能性なんて無きに等しいわ……」

その様を見たアルダンテは思わず眉をしかめた。

（白薔薇様、ね。大した演技だこと）

社交界を追放されていたアルダンテは、今年デビューしたばかりのアルラウネとは社交の場で顔を合わせたことがない。

　故に家以外での彼女の顔を見るのはこれが初めてだった。

（あの子の性悪な本性を知ったら、周りの方々は一体どう思うのかしら。まあ、この様子では私が言ったところで誰ひとり信じはしないでしょうけど）

　なにはともあれ、アルダンテは注目の的が自分からアルラウネに移ったことに安堵《あんど》していた。

　そんな中、未だ怒りが収まらないのか、マーガレットが今度はアルラウネに向かって叫ぶ。

「お高く止まってるんじゃないわよ！　由緒正しき家柄ですって？　いくらクザン様に気に入られているからって、伯爵家の娘ごときの貴女が侯爵家の娘でお父様が財務大臣の私と対等に口を利くなんて百年早いわ！」

　マーガレットの言葉に、ネモフィラがクククッと口元を歪めて馬鹿にしたように笑った。

「あら、立場で発言が優先されるのなら公爵家の娘でお父様は宰相の私以外は全員黙ってもらうことになるけれど？」

「あ、アンタには言ってないでしょ！　私はこの身のほど知らずの女に言ってるのよ！」

　言い合いを始めるふたりを後目《しりめ》に、アルダンテはその場から離れようとする。

　ふと視線を感じて振り返ると、アルラウネがじっとアルダンテのことを見ていた。

　穏やかに微笑んでいるように見えるが、その目はまったく笑っていない。

　さっさと消えろ。そう言わんばかりに。

（できるものならそうしているわ。私だって好きでこの場所に来たわけじゃないのだから）

王家からの直々の招待をもらっておきながら、無断でこの場から立ち去れば後ほどどんな言いがかりをつけられるか分かったものではない。

アルダンテは、厄介ごとに巻き込まれないように、人目につかない広間の隅の方へと移動することにした。

しかし、令嬢達から背を向けたその時。

離れた広間の入口の方から、衛兵の声が聞こえてきた。

「――第一王子クザン・カーディス様、ご入来！」

賑やかだった広間が一斉に静まり返る。

そこら中で談笑していた令嬢達が入口の方に向いて、スカートの裾をつまんだ。

そして全員が一様に身をかがめて会釈をする。

その様からは、幼少期から身体に染みつくまで厳しく淑女としての教育を受けたことが見て取れた。

アルダンテも令嬢達に倣って会釈をすると、入口のドアが開いて外からひとりの男が広間に入ってくる。

派手な白の燕尾服を纏った男、クザンは広間に入ってくるなり、つまらなそうな顔でつぶやいた。

「――芋臭い」

耳を疑うような言葉に、会釈をしていた令嬢達が顔をしかめる。

クザンはため息をつくと、羽虫でも払うかのようにシッシッと手を払った。

「この国で一番の女を集めよと言ったのになんだこの有様は。芋女ばかり雁首《がんくび》揃えて集まりおって。興が削《そ》がれたわ」

あまりに尊大なその態度を見て、アルダンテはなるほどと頷《うなず》く。

クザンの評判の悪さは聞いていた。

国王である親の七光りを盾に好き放題をしている問題児だと。

「まあよい。芋の中にもひとつくらいは味見に足る果実が実っているかもしれぬ。おい女達。私に愛でられたいのであれば、媚びへつらって笑顔のひとつでも見せてみろ。うまくできた女は婚約者になれずとも、愛人のひとりとして飼ってやるかもしれぬぞ」

（これは噂以上の馬鹿息子ね）

ここにいるのは先ほどの会釈ひとつを取ってみても、全員が高度な淑女としての教育を受けた貴族令嬢であることは間違いない。

当然、そういった教育を施せる彼女達の家格も高いだろう。

そんな家柄の娘を馬鹿にして、高位の貴族達を敵に回していいことなどなにもない。将来国王になるというのであればなおさらだ。

（なにを考えて……いえ、なにも考えていないのでしょうね）

呆れるアルダンテを後目に、クザンは令嬢達の反応を見てつまらなそうに鼻を鳴らす。

「言われたことすら満足にできんか。見た目も悪ければ頭の回転も悪い馬鹿な女達め。もうよい。おい」

クザンの後ろから執事服を着た従者と思しき男が現れた。

彼は令嬢達を見渡すと大きな声で叫ぶ。

「エクリュール家！　アングスト家！　ソーン家！　それぞれの家の娘は今すぐにクザン様の目の前に並ぶように！」

呼び出しの声を聞いて、マーガレットとネモフィラ。

そしてアルラウネがクザンの下に歩いて行く。

（エクリュール家……ということは、私も行かないといけないのかしら）

クザンの振る舞いを見た後では、この先ろくなことが起こらないというのは予想できていたアルダンテだったが、家の名前を名指しされたとあっては行かないわけにはいかなかった。

遅れてついて行くアルダンテの前で、三人が示し合わせたかのようにクザンの前で会釈をする。

背中しか見えないアルダンテからは三人の表情こそ見えなかったが、それはクザンを納得させるに足るものだったのだろう。

彼は満足気に頷いて言った。

「この三人を見ろ。容姿といい、立ち振る舞いといい、申し分ない。さすがは私が直々に呼んだ〝薔薇姫〟達だ」

社交界に疎いアルダンテはアルラウネが白薔薇姫と呼ばれていることは知っていたが、先ほど出会った他のふたりも薔薇姫と呼ばれていたことは初めて知った。

「クザン様、お久しゅうございますわ！　私、〝黄薔薇姫〟マーガレットは貴方様と再びお会いできる日々を今か今かと指折り数えてお待ちしておりました！」

「ごきげんよう、クザン様。〝青薔薇姫〟ネモフィラはいつでも貴方のお傍におりますわ。お望みであればそう、いつまででも」

マーガレットとネモフィラがクザンの両脇に寄り添い、媚びるように腕を絡める。

（公衆の面前で恥ずかし気もなくべたべたと……）

確かに容姿や立ち振る舞いだけを見れば、目の前にいる三人は誰が見てもその美しさに見惚《みと》れることだろう。

だが先ほどまでの彼女達の罵りあいを見ていたアルダンテには、それがただ外側を取り繕っただけのハリボテの美しさだとしか思えなかった。

（あれが薔薇のように美しい姫だなんて、聞いて呆れるわね）

唯一、意外なのは真っ先にふたりに対抗心を燃やしそうなアルラウネが、その場に留まっていることだった。

微笑みをたたえたその表情には余裕すら感じられる。

アルダンテが怪訝《けげん》に思っていると、クザンがアルラウネの方を向いた。

その表情は他のふたりに向けていた物とはまったく別の、心の底から嬉しそうな笑顔だった。

「おお、我が愛しの白薔薇よ！」

腕に抱きついていたふたりを押しのけ、クザンがアルラウネの元へ歩いて行く。

不満そうな顔をするふたりを後目に、クザンはアルラウネの肩に手を置いて言った。

「なんと愛らしく可憐な娘よ。我が婚約者にはやはりお前のような男を立てて一歩後ろを歩くような健気《けなげ》な女がふさわしい」

クザンの言葉にアルラウネははにかんだようなあどけない笑顔を浮かべる。

「ふふ。いけませんわ、クザン様。私だけを贔屓《ひいき》されては他の方々に悪いです」

「なにを言う。お前さえいれば他の女などいてもいなくても——」

言いかけたクザンが言葉を止めた。

アルラウネの背後で、ふたりのやり取りを冷めた目で見ていたアルダンテは、クザンの視線が自分に向いていることに気がつく。

クザンはアルダンテを睨みつけながら言った。

「なんだお前は」

面倒な男に目を付けられた。

そう思いながら、アルダンテは落ち着いた所作で会釈をする。

「お初にお目にかかります。私、エクリュール家の――」

「私は薔薇姫達をここにと言ったのだ。お前のように男を喜ばせる笑顔のひとつもできぬ不愛想な女など呼んでいない。不愉快だ。今すぐにこの場から消え失せろ」

いくら身分の差があるとはいえ、無礼がすぎるクザンの物言いに対して、アルダンテは顔をしかめそうになった。

（いえ、主催のクザンが帰れと言っているのだから、そのまま帰ればいいじゃない。そうすればこの居心地が悪い場所から大手を振って帰れるわ）

「承知致しました。それでは失礼致します」

再び会釈をしてからクザンに背を向ける。

アルダンテはようやくこの夜会という名の茶番から解放されることに安堵した。

しかし――

「――クザン様、姉のご無礼をお許しください。姉のアルダンテはここ三年ほど、社交界を追放されていたもので、久しぶりの夜会とクザン様を目の前にしたことで緊張していたのですわ」

「姉のアルダンテ、だと？」

アルラウネの言葉にクザンが眉をひそめる。

余計なことを。内心で舌打ちしながら、アルダンテはそのまま広間を出て行こうとして——。

「待て。誰の許しを得てここから出て行こうとしている」

クザンの制止の声に引き止められた。

（さっき貴方自身が出て行けと言ったじゃない）

うんざりしながらもアルダンテは無表情でクザンに向かって振り返った。

クザンはアルダンテの目の前まで近づくと、目を細めて値踏みするように全身を見る。

「ほう。お前があのアルダンテ・エクリュールか」

「……そうですが、なにか？」

「訂正しよう。確かにお前は私が呼んだ。なにしろお前もかつては薔薇姫のひとりとして名が挙がっていたらしいからな。どんな顔をしているのか一度は見ておきたいと思っていたのだ」

ニヤリと、クザンが笑った。

「そうだ、確か薔薇は薔薇でも〝いばら〟姫などと呼ばれていたらしいな？」

その言葉を聞いた瞬間、アルダンテは背中に隠していた拳を強く握り締める。

それは社交界を追放される以前、アルダンテを馬鹿にするために薔薇姫になぞらえて誰かが付けた蔑称だった。

（……よりにもよって、ずっと忘れようとしていたその名で私を呼ぶのですね）

「その口から出る言葉はすべてが毒。振る舞う所作はするどい棘《とげ》となって、触れるものすべてを傷つける。そうしてついたあだ名が〝いばら姫〟。なるほど、確かにその名が示す通りに反抗的な面をしているわ」

　顔を歪めて嗜虐的《しぎゃくてき》な笑みを浮かべるクザンに、アルダンテはうつむきながら答える。

「……私をご覧になって気はお済みになられましたか？　満足していただけたなら、早々に退出させていただきたいのですが」

「ああいいぞ。だがその前に――」

　クザンが自分の足元の地面を指さした。

「――土下座せよ」

「……は？」

　アルダンテは顔を上げると、クザンは当然だと言わんばかりに言った。

「なにを呆《ほう》けた顔をしている。当たり前であろう？　私は悪女と呼ばれたいばら姫がいかなるものか見たくてここに呼んだのだぞ」

　クザンはため息をつくと、呆れたように肩をすくめる。

「それだというのにお前は私になにを言われようが言い返しもせず、じっとうつむくばかりだ。その上、この私の期待を裏切っておきながら、謝罪のひとつもせずにこの場を去るだと？　そのようなことが許されるわけがあるまい」

　理不尽なクザンの言い分にアルダンテはふつふつと、心の奥底から怒りが湧き上がってくるのを感じた。

（……どうして私がこんな目に遭わなければいけないのよ）

それは社交界を追放された三年前から今に至るまでずっと。

心の奥底にしまい込み、我慢していた感情だった。

（ずっとずっと我慢してきた。家族にいじめられても。見知らぬ誰かに馬鹿にされても。かつてそうしていたように、この私に手を出したことを一生後悔するくらいに叩《たた》きのめしてやりたい気持ちを、必死に押さえてきた）

「もう一度言うぞ――土下座をして私に詫びろ」

（それはいずれ自由に振る舞ってもお咎《とが》めを受けなくなるという父の言葉を信じて、渋々、仕方なくやっていたことだった。でもこの場で土下座をさせられて屈辱を味わわされるくらいなら、もう我慢なんてしてやらない）

ギリ、と歯を噛《か》みしめる。

（出てってやるわよあんな家。そもそもやられたらやり返すなんて当たり前のことでしょう？　それを言うに事欠いて〝いばら姫〟ですって？　上等じゃない。なってやるわよ、貴方達のお望み通りのとびきりの悪女にね）

顔を上げるとクザンが怒りに顔を歪めて何事かを喚き立てていた。

今までのアルダンテならば、なにも口答えせずにただ言われるがままになっていたことだろう。そう、今までは。

「私が、ですか？」

とぼけたようなアルダンテの態度に、クザンはさらに怒って声を荒げた。

それは年頃の貴族の令嬢ならば、臆して思わず泣き出してしまうような剣幕だったかもしれない。

だがアルダンテはそんなクザンに対して一歩も退くことなく、まっすぐ視線を交差させながら言った。

「恐れながらクザン様に申し上げます」

アルダンテが扇子を開いて口元を隠す。

「なぜ私が初対面の貴方に対して、粗相をしたわけでもないのに謝罪をしなければなりませんの？　意味が分かりませんわ。というわけで——」

口角を吊り上げ、口端をニィと横に引いたその表情は、笑みというにはあまりに禍々しく、悪辣で——。

「——答えは〝否〟ですわ。誰が貴方に謝罪などするものですか」

それはまさしく、悪女の笑みだった。

人が変わったかのように饒舌《じょうぜつ》にしゃべりだしたアルダンテを見て、周囲の令嬢達が困惑する。

散々外面を取り繕っていたアルラウネですら、怪訝な顔を隠せずにいた。

そんな中、クザンはついに怒りが頂点に達したのか、顔を真っ赤にしてアルダンテに指を突きつける。

「お、お前……！　誰に向かってそのような無礼な口を利いている！　私は次期国王だぞ！　私に対しての無礼は国に対する反逆と同義で――」

「――ふふっ」

口元に手を当てて笑うアルダンテに、クザンが目を見開いて叫んだ。

「なにがおかしい！」

「だっておかしいじゃない。なぜクザン様は自分が女に愛されて当然だと思っていらっしゃるの？」

「……は？」

間の抜けた声をあげながらクザンが呆然とする。

アルダンテは扇子を仰ぎながら馬鹿にしたような半笑いの顔で告げた。

「確かにクザン様は第一王子で次期国王になられるお方――ですがそれだけでしょう？」

「お、お前はなにを言っている!?」

困惑するクザンから令嬢達に視線を移す。

状況が理解できずに混乱している彼女達を前に、アルダンテはゆっくりと扇子を仰ぎながら口を開いた。

「次期国王の妻となるということは、行く行くは次期王妃。肩書がなにより大事なここにいる皆様方にはさぞやおモテになられることでしょう。ですが――」

アルダンテがパチンと、扇子を閉じる。

そして閉じた扇子の先端をクザンに向けた。

「そういったことに興味がない女にとって貴方は、権威を笠に着て、威張り散らすだけのつまらない男、ということですわ。お分かり？」

「つまらない、だと？　この私が？」

怒りにわなわなと身体を震わせるクザン。

それを見たアルダンテは肩を落とし「はぁ」と深いため息をついた。

「そんなつまらない貴方に美貌も知性も兼ね備えたこの私が、土下座をして媚びへつらう？　なぜ？　どうして？　冗談も休み休みにしてくださいませんか？　えっと……次期国王様、だったかしら」

「こ、の……っ！　無礼者がぁ！」

ついに激昂《げきこう》したクザンが腰に差していたサーベルの柄に手を掛け、鞘《さや》から引き抜く。

ヒィン、と鞘から刃が引き抜かれる冷たい澄んだ音が鳴り、瞬きの間に刃先がアルダンテに突きつけられた。

「きゃあああ⁉」

驚いた令嬢達は一斉に悲鳴をあげて、蜘蛛《くも》の子を散らすようにクザンの周囲から退避する。

（王宮の広間で抜剣するなんて、本当に愚かな王子）

自分の顔のすぐ前にある刃を見ても、アルダンテは微塵の恐怖も感じていなかった。

それどころか、もしこの刃が自分の肌を少しでも傷つけようものならば、倍にしてやり返してやろうとすら思っている。

目前の女がそんなことを思っているなど露知らず、クザンは勝ち誇った顔で言った。

「私を本気にさせたな！　もう土下座などでは収まらぬぞ！　お前は今日から奴隷だ！　毎日扱《こ》き使って生まれてきたことを後悔させてやる！」

貴族の家に生まれた育ちのいい娘ならば、恐怖に涙してしまうようなその言葉にアルダンテは――

（毎日奴隷のように扱き使われることなんて、私にとっては日常茶飯事よ……！）

「権威や恫喝《どうかつ》が通用しない女には暴力で言うことを聞かせようというわけですか。まあ素敵な王子様ですこと」

「このっ……！　言わせておけば……！」

クザンが剣先をアルダンテの首筋に近づける。

いよいよ明確な殺意を感じたアルダンテはそれを回避するため、握り締めた扇子を振り上げ

てーー
ガシャン！　と、どこからかガラスが割れる音が響いてきた。

突然の出来事に全員が動きを止めて音の方に視線を向ける。

アルダンテや令嬢達から離れた丸テーブルーーそこには、白いドレスシャツの上に着崩した黒の礼服を纏う金髪の男がいた。

中性的な美しい顔立ちをしたその男の手にはワイングラスが握られている。

そしてその足元には砕け散ったワインの瓶が転がっていた。

「ーーいやあ、参った参った。酔っているからかつい手元が滑ってしまった」

首元を押さえながら男が独り言のようにつぶやく。

床に広がるワインを見つめる男の表情は、棺《ひつぎ》に入った親友の亡骸《なきがら》を見送るかのような哀切に満ちていた。

「もったいないなあ。まだ少ししか飲んでなかったのに……って、うん？」

視線を感じたのか男が周囲の様子を見る。

やがて彼の目はアルダンテに剣を突きつけるクザンの姿を視界に捉えた。

そこでようやく事態を察したのか、男はひとつ頷くと、笑顔で口を開く。

「なにやら取り込み中だったみたいだね。俺には構わず、おふたりは続きをどうぞ」

その男が何者か知っていたアルダンテは、相変わらずの彼の軽薄な態度に顔をしかめた。

（なぜこの人が……フレン・カーディスがここにいるの？）

フレン・カーディス――カーディス王国の第二王子。

国王の妾《めかけ》の子である彼は、クザンとは腹違いの兄弟にあたる。

王子とは思えないほどに適当な性格で放蕩癖《ほうとうへき》がある彼は、丁度アルダンテが社交界から追放された三年前に、いい加減な彼に激怒した国王によって留学という名目で他国に追い出されていた。

（国王陛下がご病気なのをいいことにコソコソと国に帰ってきた、というところかしら。兄弟揃ってまったく仕方のない人達だわ）

そんなフレンの登場に不愉快そうな顔でなにかを言いたげにしていたクザンだったが、彼の言葉通り構わないと決めたのか、再びアルダンテに視線を戻す。

クザンは再び剣先をアルダンテに突きつけると、歪んだ笑みを浮かべて口を開こうとして――。

「フレン様、お会いできて光栄ですわ！」

「私ずっとフレン様をお慕いしておりましたの！」

「ありがとう。君達みたいな可愛らしい子達にそう言ってもらえて嬉しいよ」

すぐ近くから届いてくるフレンと令嬢達の会話を聞いて、手に持っていたサーベルを床に叩きつけた。

クザンはぐるんと怒りの形相をフレンに向ける。

そしてツカツカと大股開きで彼に歩み寄ると、胸倉を掴《つか》んで叫んだ。

「フレン！　お前は一体ここでなにをしている⁉　誰がここに入ってくることを許可した⁉」

「なにって、兄上が夜会で美味《うま》い酒を振る舞っていると聞いたから飲みに来たんだけど。それに許可もなにも、同じ王族である以上この城は俺の家でもあるし出入りは自由だろう？」

緊張感のないとぼけた顔で首を傾げるフレン。

クザンはこめかみに血管を浮かべると、胸倉に掴んだ手でフレンを突き飛ばした。

「次期国王である私の婚約者を決める夜会だ！　お前のような半端者が足を踏み入れていい場所ではない！　さっさとこの場から失せろ！」

「おっとっと……そうなのかい？　てっきり俺は――」

よろめきながらも態勢を立て直したフレンは、アルダンテに視線を移す。

それから地面に転がったサーベルを見てから言った。

「――公開処刑でもしているのかと思ったよ。どうしたんだい私闘禁止の王宮内で剣を抜くだなんて。穏やかじゃないね」

「フン。この女が私を侮辱したから罰を与えようとしていただけだ」

「ふうん。罰ね」

フレンが顎に手を当てて少し考える素振りをする。

それから「うん」とひとつ頷くと、クザンに向き直ってヘラッと軽薄な笑みを浮かべた。

「まあ淑女に優しく紳士な兄上のことだ、まさか本気で切ろうなんて思っていないよね？」

「私は本気だ！　私の言うことを聞かない者は女子供だろうと容赦は――」

「そりゃそうか。次期国王にもなろうかという兄上ほどの人が、口喧嘩でカッとなったくらいでかよわい女性を剣で切っただなんて、そんな噂が王宮に広まったら器が知れるというものだしね」

フレンの言葉にクザンがハッと目を見開く。

自分がしていたことが自らの首を絞めていることに気がついたのだろう。

クザンはチッと舌打ちをすると、バツが悪そうにフレンから視線をそらした。

「……当たり前だ。本気でやる気ならもうとっくに切っている」

「よかったよかった。それでさ、兄上――」

フレンがおもむろにアルダンテに歩み寄る。

怪訝な顔をするアルダンテを見てフレンは微笑むと、クザンに向かって言った。

「――この子、俺にくれないかな。一目惚れをしたんだ」

「……は？」

その場の全員が一斉に口をポカンと開けて困惑をあらわにした。

（この方は一体なにを言っているの？）

アルダンテとフレンの関係は、王宮や夜会で遠くから互いのことを見たことがあった程度で、会話をしたこともなければ、目を合わせるのすら今この時が初めてだった。

これが一般的な貴族令嬢ならば、まるで絵本の中の出来事のような王子様からの告白に「運命だ」と恋に落ちることもあるかもしれない。

だが幼少期から人間の負の部分ばかりを見て育ってきたアルダンテにとって、得体の知れない第二王子からの突然の告白は、なにか裏があるとしか思えなかった。

「……冗談はよせ。その女が誰か知っているのか？」

クザンが眉をひそめてそう言うとフレンは首を傾げて答えた。

「兄上も知ってのとおり、俺は留学から帰ってきたばかりでね。今の社交界には疎いんだ。ねえ、君はそんなに名が知れた子なのかな？」

フレンの質問になんと返せばいいか分からないアルダンテは黙り込む。

（留学していたから私が追放されたことに関しては知らなかったとしても、その前から私に関する悪評は社交界に流れていたはずよね？　わざと私のことを知らないふりをしているのかしら。それは一体なぜ？）

そうしていると、アルダンテとフレンのかみ合わない様子を観察していたクザンが突然笑い声をあげた。

「――ふははは！」

心底おかしくて仕方ないという風に笑った後、クザンは見下すような顔でふたりを見て口を開く。

「そういえばお前にもまだ婚約者がいなかったな！　いいだろう、そいつはくれてやる！」

まるで自分を所有物かのように扱う、見下したクザンの物言いにアルダンテはふざけるなと抗議しようとした。

しかしそれを見越したのか、フレンがアルダンテの手を取る。

そして耳元で小さな声で囁いた。

「……落ち着いて。これ以上はどう見ても分が悪いよ」

先ほどまでの軽薄な様子とはまるで違う真剣な表情をしているフレンに、アルダンテは口から出かけていたクザンへの罵詈雑言《ばりぞうごん》をのみ込む。

フレンの言う通りだ。

あまりに理不尽なことを要求されたせいで、ついカッとなって本音が出てしまったが、今この場で彼を叩きのめしたところで、捕らえられておしまいだろう。

「じゃ、行こうか」

フレンに手を引かれてアルダンテはその場を後にする。

周囲の令嬢達はそんなふたりの姿を面白がるような好奇の視線で見ていた。

広間の出口に向かう途中、クザンが笑いながら叫ぶ。

「追放された愚か者同士、お似合いのふたりだな！　おい、お前達！　全員拍手で送ってやれ！　負け犬ふたりの門出を盛大に祝おうではないか！　ふははは！」

パチパチと拍手が響く中、ふたりはドアを開けて広間を出た。

そのまましばらく王宮の廊下を歩くと、外に繋がる広い玄関の前にたどり着く。

フレンは周囲を見渡し人気がないことを確認すると、アルダンテを振り返った。

「余計な事をしたかな？」

その言葉を聞いて、アルダンテはフレンが自分をあの場から逃がすために、わざと告白をしてクザンの気をそらしたのだと気がついた。

「……いえ。危ういところを救っていただき感謝致します。フレン様」

あのまま自分の感情の赴《おもむ》くままに暴走すれば、相手が相手なだけに三年前以上に面倒なことになっていたかもしれない。

そうなれば、後々に罰を下された時に家を追い出される程度では済まなかった可能性もあった。

（この方にもなにか思惑があったのかもしれないけれど、助けてもらった事実には感謝すべき……よね？）

「そっか。ならよかった」

へらっと、軽薄な笑みを浮かべるフレン。

（この笑顔、やっぱり苦手だわ）

感謝の気持ちはあるが、やはりフレンの見るからに軽く軟派な雰囲気は好きになれそうにないアルダンテだった。

（もう手を引く必要はないのにずっと握っているし……女たらしね）

「なぜ私を助けてくれたのですか？」

握られていた手を解きながらアルダンテが尋ねると、フレンは少し残念そうにしながら口を開く。

「それはね──」

「──アルダンテ！」

廊下の奥から聞こえてきた声にアルダンテが振り返る。

ふたりが今しがた歩いてきた広間の方から、アルダンテの婚約者であるロディが険しい表情で走ってきた。

（ロディ……もしかして広間にいたのかしら。他家の令嬢以外誰もいなかった気がするのだけれど）

ロディの表情からして先ほどの騒ぎを見られていたことは確実だろうと察したアルダンテがため息をつく。

それを見たフレンは苦笑しながら言った。

「大変そうだね。俺はおいとました方がよさそうだ」

「お待ちください。まだ助けてくださった理由を聞いていませ――」

不意に、アルダンテの口の前でフレンが人さし指を立てる。

口ごもるアルダンテにフレンはウインクした。

「大丈夫。またすぐに会うことになるよ。バイバイ」

そう言って、フレンはロディとすれ違うように廊下を歩いて去って行った。

すれ違い様、ロディはフレンの方を一瞥したが、急いでいたせいか呼び止めずにそのままアルダンテの前まで走ってくる。

「なんてことをしてくれたんですか君は！」

ロディが怒りの形相でアルダンテの手を掴んだ。

有無を言わさずに玄関のドアに向かって行くロディに、アルダンテはどうしたものかと声をかける。

「ロディ様、お待ちください。私の話を――」

「話は馬車の中で聞きます！」

ロディに引っ張られるままにドアから外に出た。

夜の闇の中、街灯の明かりが灯る庭園には数十台もの馬車が止まっている。

ロディはその中から自分が乗ってきたと思《おぼ》しき馬車にアルダンテを引っ張りこんだ。

対面に座ったロディは腕を組み、責めるような表情でアルダンテを見る。

「性懲りもなくまた夜会で問題を起こしましたね。貴女を信頼して王宮に送り出したマクシムス様や婚約者である僕に対して、どう申し開きをするつもりですか？」

別に貴方に送り出された覚えはないのだけれど、と思いながらもアルダンテは頭を下げた。

「騒ぎになったことは申し訳なく思います。ですが私は理不尽なクザン様の命令から、自分の名誉を守っただけです。なにも後ろめたいことはしていません」

「言い訳はいい！」

苛立ったロディがドン！　と馬車のドアを叩いた。

（自分が浮気をしていたことを棚に上げてよくもまあ、このような態度を取れるものね）

ロディの態度に腹は立つが、自分に非があるのは確かだとアルダンテは思う。

フレンのおかげでうまく切り抜けられたとはいえ、夜会でクザンに逆らい一触即発の事態を引き起こしたことには変わりなかった。

もしこれが父マクシムスの耳に入ったなら、今度はどんな処分を下されるか。

少なくとも三年間、約束を守るために従順に振る舞ってきた自分の努力はすべて無に帰したことだろう。

（土下座一回を拒否しただけで三年分の積み重ねが帳消しだなんて、高くついたものねまった

く）

憂鬱になってため息をつくアルダンテを見て、ロディは馬鹿にされたと感じたのかさらに強い語勢で言った。

「しかも今回揉《も》めた相手は次期国王になられる第一王子のクザン様ときた！　三年も謹慎していたというのになにも学んでいないのですか貴女は⁉　失望しましたよ！」

馬車の中にロディの怒りの声が響く。

黙り込むアルダンテ。それから少しの間、無言の時が流れて。

ひとしきり怒りを発散させて落ち着いたのか、ロディは肩を落としながら「はぁ」とため息をついた。

「もうこれ以上、いつ問題を起こすか分からない悪女のおもりをさせられるのはうんざりです。悪いけど――」

ロディはうつむいていた顔を上げると、アルダンテを見ながら口を開く。

「――君との婚約は破棄させてもらう。これからエクリュール家に行って、今日のことも含めてすべてご家族に話させてもらうから、そのつもりでいてください」

第二章　よろしくお願いしますわね、共犯者さん

夜会から一か月後。

いつものように朝からエクリュール邸の掃除をしていたアルダンテは、バーバラに居間に呼び出された。

居間に入ると、部屋の中央の椅子にバーバラがひとりだけ腰掛けている。

その表情はいつになく機嫌がよさそうでうっすらと笑みすら浮かべていた。

（あの日からずっと怒鳴り散らしていたのに、どういう心境の変化かしら）

夜会からロディと共に帰宅し、事情を聞いたバーバラは案の定、顔を真っ赤にして烈火のごとく怒り狂った。

アルダンテの言い分に聞く耳を持たず、すぐさま家から追い出すべきだと主張するバーバラ。

しかしマクシムスはなぜかアルダンテを叱責することはしなかった。

彼はロディとの婚約破棄についてだけ言及し、正式な手続きをするために時間がほしいとだけ言って、その場を収めた。

当然納得できないバーバラだったが、マクシムスに逆らえるはずもなく。

その日からアルダンテへのいびりはますます苛烈になった。

それ故に、この日バーバラに呼び出されたのも、また理不尽な文句や指示を出してくるに違いないと思っていたところにこの反応である。

怪訝に思いながらもアルダンテはバーバラに尋ねた。

「なんの御用でしょうか。まだ掃除の途中ですが」

「掃除なんてもうしなくていいわ。そんなことよりも早く着替えて支度をなさい」

「支度？　どこかに出かけるのでしょうか？」

聞き返すアルダンテにバーバラはニヤリと悪意のある笑みを浮かべた。

「決まっているでしょう？　この家を出て行く支度よ！」

その言葉を聞いた瞬間、アルダンテは動揺しつつも納得している自分がいることに気がついた。

（いずれこの時が来るとは思っていたけれど、思ったより早かった……いえ、遅かったのかしら）

「……お父様はなんと言っているのですか」

「期待しても無駄よ。お前をこの家から追放することを決めたのはあの人なのですからね」

そうでしょうね、とアルダンテは目を閉じる。

夜会から帰ってきた時にマクシムスが処分を下さなかった以上、バーバラが独断で勝手に自分を追い出すわけにはいかない。

それが覆ったということは、マクシムスも同意しているということだ。

なぜ一か月の期間が空いたのかは気になるところではあるが、家から追い出されることが確定した以上、そのことを知ることもできなければ、知る意味もないだろう。

「はあ、清々した。アルラウネがクザン様の婚約者候補として王宮に召し上げられてから、私の悩みの種はどうやってお前をこの家から追い出すかということだけでしたからね」

三週間前。

王室から手紙が届き、アルラウネはクザンの婚約者候補として王宮内にある屋敷で暮らすこととなった。

それ以来、以前にも増してバーバラからのいびりが激しくなっていたのは、アルダンテが自分から家を出て行くことを期待してのことだったのだろう。

（陰湿なやり方だこと。まあそんな嫌がらせも二度とされないと思えば、追い出されるのも悪くないかもしれないわね）

アルダンテが目を開くと、バーバラは口端を歪めてニヤニヤと嫌らしい笑みを浮かべていた。

「出て行きたくないのならこの場で土下座でもしてみたらどう？　私の気が変わるかもしれないわよ」

（心にもないことを）

万が一バーバラが擁護してくれたとしてもマクシムスが決めた以上、自分が追放されることは絶対だった。

それが分かっているアルダンテは、無表情のままお辞儀をする。

「土下座はいたしませんし、この家に未練は一切ございません。今までお世話になりました」

「……なんですって？」

予想外の答えだったのか、バーバラが不快げに顔を歪める。

その直後、居間のドアをノックする音と共に侍女の声が聞こえてきた。

「失礼いたします。奥様。王宮からアルダンテ様に迎えの馬車が来ております」

「……王宮から？」

アルダンテが眉をひそめると、バーバラがハッと思い出したかのようにまた勝ち誇った顔になる。

「喜びなさい。お前はこれから王宮にあるクザン様の私邸で奴隷のように扱き使われるそうよ。ここにいた方が幸せだと思えるほどにね」

（夜会以来なにも言ってこないと思っていたけれど、私に反抗されたことをずっと根に持っていたのね。小さい男）

アルダンテは小さくため息をついて言った。

「そろそろ行ってもよろしいですか？」

「っ！」

それでも動じないアルダンテの様子を見て、バーバラの顔が怒りの朱に染まる。

「さっさと支度をしてきなさい！　お前の顔など二度と見たくないわ！」

バーバラが立ち上がり指でドアを指し示した。

アルダンテは最後に小さく会釈をして、バーバラに背を向けてドアに向かう。

「部屋から持って行っていいのはお前の私物だけよ！　この家の物は一切持って行かせませんからね！」

廊下に出てドアを閉める。

その直後、背後の居間からガシャンと壺《つぼ》が割れる音が聞こえてきた。

「いい気味」

苛立って暴れているバーバラを想像すると、少しだけ憂鬱な気分が晴れたアルダンテだった。


――――


唯一の私服である白いブラウスと黒いフレアスカートに着替えたアルダンテは、数少ない私物を旅行用の手提げバッグに詰めて屋敷を出た。

外には王家の紋章が入った一台の馬車が止まっている。

アルダンテが馬車に近づくと、外で待っていた御者が搭乗口のドアを開けた。

御者に会釈をしてから馬車に乗り込み、中の窓から屋敷を見上げる。

見送りは誰もいなかった。

屋敷の中にアルダンテと仲がよかった人間は誰もいなかったので当然である。

「さようなら」

十八年間過ごした家に告げた別れは、驚くほど乾いていて簡素だった。

「……もうよろしいですか？」

「はい」

御者の問いかけに答えると、馬車はゆっくりと動き出した。

屋敷の二階の窓から、マクシムスが馬車を見下ろしているのが見えたが、アルダンテはすぐに視線を切る。

自分がエクリュール家から追放された以上、最早そこにいるのは父でもなんでもない赤の他人。

元からマクシムスの威圧的な言動や視線が大嫌いだったアルダンテにとって、家から解放された今、それはもう一秒足りとも視界に収めたくないものだった。

（王宮までなにもなければ大体二日の道のり——その間に今後の身の振り方を考えないとね）

このままクザンの私邸に向かえば、バーバラの言葉通りエクリュール家にいた時の方がマシと思えるような目に遭う可能性は高い。

そんなことになるくらいならば、途中で馬車から逃げ出して平民として生きた方がマシだとアルダンテは思っていた。

（少ないとはいえ、私物を売れば当面の生活費くらいにはなるでしょう。そのお金が尽きる前にどこかで雇ってもらえればいいのだけれど）

幸い家事や炊事、掃除等の下働きの類は三年間みっちりと家で覚えさせられてきた。扱き使われるのも慣れているアルダンテにとって、平民として働くのは苦ではない。貴族としての誇りなど最早、家を追い出された時点でとうになかった。

「あとは出たとこ勝負かしら」

持ち出した旅行用のバッグを見る。

（お父様……マクシムスに対抗する手段として一応持ってきた〝アレ〟。平民として生きるなら使うことはなさそうね）

フッと息を吐いて、座席の背もたれに寄りかかり目を閉じる。

家での連日の労働で心身共に疲れていて、夜もろくに眠れていなかったアルダンテは、そのまますぐに深い眠りに落ちた。

――――

「変な髪の色！」

声の方をアルダンテが振り向く。

どこかのパーティー会場と思われるその場所には、七歳ほどの貴族の男の子が立っていた。

彼は明らかに悪意のある笑みを浮かべてアルダンテを見ていた。

（ああ、これは夢だわ。だってこれは幼い頃の私の記憶そのものだもの）

幼い頃からアルダンテは、髪の色のことでよく周囲から奇異の目で見られていた。

赤紫色の髪はカーディス王国の人間の特徴ではなく、長い間戦争をしていた隣国の人間の特徴だからだ。

今は国交が回復しているとはいえ、カーディス王国の一部の人間……特に爵位の高い貴族達の間では未だに敵対的な意識が残っている。

故にその教育を受けた貴族の子供達もまた、赤紫色の髪をした人間に対して悪意をぶつけることに疑問を持っていなかった。

（お父様は私に、髪の色のことで周りになにかを言われても無視しろ。余計な問題は起こすなと言った。だから私はその通りにしていたけれど——）

悪意を向けられているとはいえ、まだアルダンテが子供だった頃は受ける嫌がらせといえば、せいぜいが悪口を言われる程度だった。

しかしアルダンテが成長するにつれて、嫌がらせは日に日に悪化していった。

（そう、あれは確か十四歳になって社交界デビューをした夜会でのことだったわね）

「あら、ごめんあそばせ」

会場の広間を歩いていたアルダンテは、突然横からワインを掛けられた。

着ていた白いドレスに赤紫色の染みが広がっていく。

声の方に振り向くと、そこには見ず知らずの青いドレスを着た金髪の令嬢が立っていた。

（さすがに驚いたわ。まさか初対面の相手にそんな直接的な悪意をぶつけられるだなんて思ってもいなかったから。たぶん、私が今までどんな悪口を言われても黙って受け入れていたから、なにをしても大丈夫だと勘違いしてしまったのでしょうね）

ワイングラスを片手に持った彼女は、ニヤニヤと悪意を持った笑みを浮かべている。

「手が滑っちゃった。でもよかったじゃない。そのドレス、髪と同じ色に染まったわよ？　貴女が大好きな赤紫色に。あははっ！」

金髪の令嬢は高笑いをしながらアルダンテに背を向けた。

（その後ろ姿を見て、私はワインを掛けられた時よりもっと驚いたわ。だってそうでしょう？　どうしてこの方は、見ず知らずの他人にこれだけのことをしておいて――）

アルダンテは前を歩いて行く令嬢の背に早足で追いつくと、彼女の長いドレスのスカートの裾を踏みつけた。

「きゃあ⁉」

つんのめった令嬢はそのまま前に向かって倒れこむ。

(——なにもやり返されないと思ったのかしら)

「い、痛い……だ、誰よ私のドレスを踏みつけたのは！」

床にぶつけた顔を押さえて、半泣きになった令嬢が身を起こす。

アルダンテは床に座り込んでいる令嬢を、上から見下ろしながら言った。

「あら、ごめんあそばせ」

そして片手に持っていたワインの瓶を、令嬢の頭の上で逆さに持ち替える。

「いやっ!? なにをするの！ やめなさい！」

頭からワインを被《かぶ》って嫌がる令嬢を見て、アルダンテは眉をひそめて悲しそうに言った。

「手が滑ってしまったわ。でも残念ね。その金髪、私が大好きなワインと同じ色に染めてあげようと思ったのだけれど、一本では足りないみたい」

しゃがみ込み、令嬢の口元を手で無理やり掴む。

口ごもる令嬢に、アルダンテは自分の顔を近づけると口端を歪めて笑った。

「……もう一本頭から被せてあげれば綺麗に染まるかしら。ねえ、試してみてもいい？」

「ひ、ひいっ!?」

その事件からアルダンテはその赤紫色の髪色と共に、悪女として社交界で名が知れ渡ることになった。

（ふざけた話よね。私はただやられたからやり返しただけなのに）

嫌がらせをされたら二度と歯向かわせないように、徹底的にやり返す。

それを繰り返していく内に、いばら姫と呼ばれるようになったアルダンテが、王宮から直々に命令を受けて、社交界を追放されたのはそれから一年後のことだった。

（追放されてからの三年間、ただひたすらに親の言うことを守って大人しく生きてきたけれど、これからはもう一切我慢しないわ。だって私はもう家を追い出されたし貴族でもない。迷惑をかける人も果たすべき責務もないんだから）

だから覚えておきなさい、とアルダンテは覚めようとする夢の中で口を動かす。

「――これから私に害をなそうとする者には、倍にしてやり返してやりますわ。徹底的に、容赦なく、悪女らしくね」


――――――


ガタンと強く車体が揺れる。

馬車が停車した衝撃でアルダンテは目を覚ました。

「おはよう、眠り姫。ぐっすり眠っていたね。余程疲れていたようだ」

寝ぼけ眼で朧《おぼろ》げな視界の中、対面の座席に見覚えのある金髪の男が座っているのが見える。

「……どうして貴方が馬車に乗っているのですか。フレン様」

怪訝な顔をしてそう尋ねるアルダンテに、第二王子フレン・カーディスはヘラッと軽薄な笑みを浮かべた。

「前に言っただろう？　またすぐに会うことになるって」

「質問の答えになっていませんが」

嘆息しながら窓の外を見る。

出発した時は昼前だったが、もうすっかり陽は落ちていた。

（どこでこの方が乗ってきたのかは分からないけれど、まだエクリュール家の領地からそう遠くは離れていないはず。私のことを待ち伏せしていた……？）

「疑う気持ちは分かるよ。安心して。ちゃんと今から説明するから。だけどその前にこれだけは信じてほしい」

アルダンテの手を取り、薄ら笑いをやめたフレンは真剣な顔で言った。

「俺は君の味方だよ。アルダンテ」

フレンの琥珀《こはく》色の澄んだ瞳がアルダンテをまっすぐに見る。

（ヘラヘラばかりしていると思っていたけれど、そんな顔もできるのね。だからと言って信用したわけではないけれど）

アルダンテは居住まいを正して言った。

「家を追い出された今の私はただの平民です。それどころかこれからクザン様の下で奴隷のように扱き使われる身。そんな私の味方になることが貴方になんの得があるのか分かりませんが――」

「すまなかった」

突然頭を下げるフレンにアルダンテは眉をひそめて困惑する。

「……なんのおつもりですか？」

「兄上が君にしたすべてのことにだよ。王族を代表して俺が謝罪する」

フレンのその言葉と態度に、アルダンテは少なからず驚きを覚えた。

アルダンテが知る限りカーディス王国の貴族といえば、善政を敷いていた国王以外のほとんどの人間――それも、身分が高ければ高いほどに独善的で他人を顧みない人間ばかりだった。

フレンに関しても誰かを虐げたような噂こそ聞かなかったものの、素行に関してはいい噂を聞いたことがない。

それが実際は、今は平民となった自分に対しても、真摯な態度で頭を下げることができる人間だったなんて。

（噂とはあてにならないものね。まあ、軟派なところは噂通りだけれど）

未だにフレンに握られている両手を見ながら「はぁ」とため息をつく。

「クザン様がしたことでフレン様が責任を感じられる必要はなにもありませんわ。貴方の厳しいお立場は存じておりますので」

第二王子とはいえ、身分の低い妾の子だったフレンにはなんの権力もない。

それでも国王が健在だった頃は重臣達も王族のフレンに敬意を払っていた。

しかし国王が倒れた今、フレンに味方する者は誰もいない。

クザンの媚び売りに執心している王宮の重臣達は、王位継承権の第二位であり邪魔者であるフレンをこぞって排除しようと考えていることだろう。

「そうなんだよね。実はもうすぐ俺、兄上に殺されそうな感じで困ってたんだ」

言葉の重さとは裏腹になんでもない様子でヘラッとフレンが笑う。

緊張感のないその態度に呆れたアルダンテは、握られていたフレンの手をパッと離した。

「その割には大分のんきに見えますけれど」

「そう見える？　一応こう見えても、水面下では色々手回ししてるんだけどね——王位継承権第一位の兄上を追い落として、王位をこの手にするためにさ」

「……っ！」

明確なクザンへの敵対宣言に、アルダンテが思わず目を見開く。

走行中ならまだしも、停車している今、会話は御者に丸聞こえだった。

「……今のお言葉、冗談では済まされませんわよ」

「大丈夫大丈夫。この馬車の御者は、兄上の配下に潜り込ませている数少ない俺の部下だからね。じゃなきゃさすがに堂々とこんな話はしないさ」

「それならばいいのですが」

安堵のため息をつくアルダンテに、フレンは目を細めて微笑む。

「心配してくれたの？　俺のこと」

（絵に描いたような軽薄な言動。この方、やはり好きになれませんわ）

「貴方の心配？　まさか」

アルダンテはフッと馬鹿にするような笑みを浮かべて言った。

「勘違いしないでくださいな。私がしたのは自分の心配ですわ。貴方が目の敵にされるのは構いませんが、一緒にいたせいで私まで王位を巡る争いに巻き込まれてはたまったものではありませんので」

「はは。いいね。家を追い出されて落ち込んでるかなって思ってたけど、調子出てきたんじゃない？」

突き放すような態度にすら愉快げに笑うフレンに、釈然としないものを感じてアルダンテは口を引き結ぶ。

しかしこれ以上フレンのペースに合わせていたら余計に気疲れをすると思い、それ以上の憎まれ口は止めた。

「さっさと本題に入ってくださいな。今や平民となった私にわざわざこうして秘密裏に会いにきた理由はなんですか？」

アルダンテの問いに、フレンは「それなんだけどさ」とつぶやくと、今までと一転して歯切れが悪そうな様子で口を開く。

「君はこれから王宮にある〝薔薇庭園《ローゼンガーデン》〟という後宮まがいの場所に、兄上の婚約者候補として行くことになるんだけど」

「は？」

初めて聞く話にアルダンテは眉をひそめた。

（薔薇庭園？　それに私がクザンの婚約者候補とはどういうこと？　あんなに反抗的な態度を取ったのに……奴隷として扱き使われるのではなかったの？）

困惑するアルダンテにフレンは意を決したように口を開く。

「そこで兄上を失脚させるための弱みを握ってきてほしいんだ——婚約者候補として集まった他の薔薇姫達を利用してね」


エクリュール邸を出発して二日後の朝。

アルダンテを乗せた馬車は王宮の敷地内の一角、〝薔薇庭園〟に到着した。

鉄の塀で囲まれたその庭園は、小さな街がひとつ入ってしまいそうなほどに敷地が広く、緑の葉と色とりどりの薔薇が咲き誇る様は見る者を魅了する。

（綺麗……ここが建てられた目的さえ知らなければ、この素晴らしい庭園を素直な気持ちで楽しめたでしょうに）

しばらく庭園を眺めていると、門が開いて中からメイド服を来た侍女が現れた。

「お待ちしておりました、アルダンテ様。クザン様がお待ちです。こちらへどうぞ」

侍女に案内されて門の中に入る。

庭園の入口には葉とツタが巻きついた、人が優に通れる大きさの薔薇のアーチが掛けられていた。

アーチの先は小径《こみち》になっていて、道の左右には人の背丈ほどに切り揃えられた生い茂る葉に色とりどりの薔薇が散りばめられた壁が立ち並んでいる。

小径を進んで行くと、道が開けて広間になっており、その中心には大きな噴水が立っていた。

周囲を見渡すと、東と西、それと中央の奥の方に、それぞれ爵位の高い大貴族が住むような、大きく豪華な屋敷が立っているのが見える。

「東が青薔薇姫様の住まう青薔薇邸。西が黄薔薇姫様の住まう黄薔薇邸。そして中央の奥に見えますのが白薔薇姫様の住まう白薔薇邸となっております」

侍女はアルダンテに説明をすると、西に向かって舗装された道を歩き始めた。

その後ろをついて行きながら、アルダンテは侍女に尋ねる。

「私はどこへ案内されるのですか？」

「薔薇姫様方のお屋敷の裏手にはクザン様が立ち寄られた際に、ひとりでお考え事をするために使う離れの屋敷が建てられております」

黄薔薇邸のすぐ近くまで着くと、侍女は舗装された大きな道から外れて、屋敷の横を通るひとり分の幅しかない小さな脇道に入って行った。

「今クザン様は黄薔薇邸に立ち寄られているので、アルダンテ様がお着きになられた際は、その離れのお屋敷でお待ち頂くようにとの指示を受けておりました。なにかご心配なことでもありましたか？」

「いえ、なんでもありませんわ」

そのまま黄薔薇邸の裏手に出ると、侍女の言葉通り、ツタと薔薇で外観を飾った美しい屋敷が立っている。

それは立ち寄った際の休憩所程度を目的として作られたにしては、薔薇姫の屋敷と比べてもまるで遜色はないほどに、豪華な造りとなっていた。

（一体この薔薇庭園を作るのにどれだけのお金を使ったのかしら。国庫から出したのでしょうけど、無駄遣いにもほどがあるわね）

「それでは中にご案内いたします」

侍女に案内されるままに屋敷の中に入る。

玄関を抜けて、埃ひとつなく磨かれた廊下を歩いた先にあるドアの奥には、客間が広がっていた。

豪華な調度品がそこかしこに置かれた部屋の中央には、大きなソファとテーブルが置かれている。

「クザン様がご到着されるまで、しばしの間こちらでごゆるりとお過ごしくださいませ」

「分かりました」

恭しくお辞儀をして去っていく侍女を見送った後、アルダンテはソファに腰を下ろした。

「……丁重に扱われすぎて、逆に不気味だわ」

緩みそうになる緊張の糸を引き締める。

アルダンテにとってここは、エクリュール邸以上に気が休まらない場所だ。

決して油断することはできない。

(私がここに来た目的は薔薇姫達から情報を引き出し、クザンの弱みを握ること。逆に弱みを見せるようなことがないようにしなければね)


——時は遡ること二日前。

馬車の中でフレンから、薔薇庭園でクザンの弱みを握ってきてほしいと言われたアルダンテは即座にこう答えた。

「お断りいたします」

当然である。このまま薔薇庭園とやらに向かえば、自分のことを逆恨みしているクザンになにをされるか分かったものではない。

「そもそもなぜ私が婚約者候補なのですか。意味が分かりません。私はあの方に憎まれているはず。それは他でもない貴方も知っていることでしょう?」

フレンは頷くと「いいかい」と前置いてから説明を始めた。

「薔薇庭園はこの国で最も美しいと言われる薔薇姫達を婚約者として囲うために、兄上が以前から作らせていた場所――まあほとんど後宮みたいなものなんだけれど」

(薔薇姫達を囲っているということは、アルラウネも今はそこに住んでいるのね)

「君が選ばれた理由は……俺にもよく分からない。でも薔薇姫を全員集めるのであれば、いばら姫と呼ばれていた君も手中に収めたいと思ったのではないかな?」

釈然としない答えにアルダンテは眉をひそめる。

「でも安心して。俺が薔薇庭園に送り込んだ侍女からの情報によると、君をいたぶるつもりはもうなくなったみたいだ。むしろ他の薔薇姫と同じように、婚約者として囲うと公言しているらしい。だから身の安全は一応保障できる。確実ではないけどね」

(……気持ち悪い。本当になにを考えているのかしら)

不快な表情を隠さないアルダンテの顔を見て、フレンは苦笑しつつも話を続けた。

「それで本題なんだけど――兄上ははっきり言って馬鹿で隙だらけだ」

それに関してはアルダンテは疑問を挟む余地すらなかった。

傲岸不遜で私欲を満たすことしか考えていない、気品も品性も感じられない立ち振る舞いの数々には、思わず言葉を失った。

（あれが次期国王になるなんて考えたら、この国の未来は真っ暗ね。王族の教育係は一体なにをしていたのかしら）

「ああ見えて昔はまともだった時期もあったんだけどね。信じられないだろうけど。まあ、その話はいいや」

苦笑してからフレンは咳払いすると、再びアルダンテの目を見て話し始める。

「正直馬鹿な兄上だけなら、時間をかければ取って変わることぐらいわけがなかった。だけど兄上を担ぎ上げている重臣達が曲者《くせもの》ぞろいでね。地位も金も持っているだけに質が悪い」

アルダンテも噂は耳にしていたが、実際王族であるフレンから聞くとやはり落胆を禁じ得ない。

国を支えて正しい方向に導く役割を持った重臣達が、愚かな王子を祭り上げて媚び売りに専念している現状は、あまりに酷いものだった。

「特に薔薇姫の親達は財務大臣や宰相を努めていてカーディス王国の心臓といってもいい。兄上を今の地位から引きずり下ろすためには、ここをなんとしてでも切り離したい」

そこまで言い切ってからフレンは椅子に背を預けると、肩をすくめてうんざりした素振りを見せた。

「とまあ、やることは分かっているんだけど、それが中々うまく行ってないんだな。奴ら狡《ず》る賢《がしこ》くてね。まったく隙を見せないんだ。そもそも俺の仲間なんて数えるほどしかいないから、情報収集をするにも人員が足りてないっていうのもあるんだけど」

「だから情報を引き出せない重臣よりも、脇が甘そうな彼らの娘達を利用して弱みを握ろうというわけですか」

「そういうこと。薔薇庭園って男子禁制だからさ。入り込めるのは兄上に選ばれた美しいご令嬢だけなんだよね。まあそれでも入れる手段がないってわけじゃないけどさ」

最後の手段があるということだけ少し引っかかったものの、フレンの企みを大体把握したアルダンテは、目を閉じて考える。

この企みに、自分は乗るべきか否かを。

(リスクが大きすぎるわ。クザンは私をいたぶる気はない、ということだけれど、それも今後の展開次第ではどう転ぶか分からない。普通に考えたら断るべき話。だけど――)

「……お話は分かりました。ですがやはり私が貴方に手を貸す理由が見当たりません」

「困ったな。夜会で助けてあげた恩を返すっていうのはどうだい？」

「それとこれとは話が別です。ですが、そうですわね――相応の見返りを頂けるなら、協力することもやぶさかではありません」

（メリットがあるなら、やる価値はあるわ。準備してきたとはいえ、このまま平民になって生きていくのは私にとってはいばらの道でしょう。ですがもしフレン様の企みが成功すれば、協力した私の報酬は望むがまま。それに――）

アルダンテは足を組んで座りなおすと、人さし指を立てた。

「ひとつ。貴方が企みを成功させた暁には、私が一生暮らしていけるだけの金銭を用意すること。ふたつ。私はもう二度と貴族社会とは関わりたくないので、報酬を頂いた後は消息を追わないこと」

（――薔薇姫の方々には夜会で散々馬鹿にされたわね。その仕返しがまだ済んでいなかったわ）

アルダンテはニヤリと口端を歪めると、悪意のこもった笑みを浮かべて口を開く。

「最後の三つめ。手段は私に一任すること。これを守っていただけるのであれば、貴方が王位を奪うために協力を惜しまないことをここに誓いましょう」

（やられたらやり返す。容赦なく徹底的に、倍返しにして差し上げましょう。それが私の――〝いばら姫〟と呼ばれた悪女の流儀よ）

「悪い顔をするなあ。でも――いいね。やっぱり大好きだよ、君のその笑顔」

フレンはフッと愉快気に笑った後「ああ、そうだ」と言って、アルダンテに向かって手を差し伸べた。

「右手を出して」

「嫌ですわ。すぐ握ろうとするので」

「握らない握らない。ほら、早くして？」

渋々アルダンテが右手を出す。

するとフレンはおもむろに取り出した指輪を、アルダンテの右手の薬指にはめた。

「報酬の前払い。それ、俺の宝物なんだ。大事にしてね」

赤い宝石に王家の刻印が入ったその指輪は、アルダンテの指にあつらえたかのようにピッタリとはまった。

（綺麗……あっ）

思わず見入ってしまったことを恥じるようにアルダンテは咳払いをする。

「……まあ、もらえるものならばもらっておきますが」

「そうそう。もらっときなって。俺が女の子に贈り物をするなんて初めてなんだから」

「嘘よ。いつも嬉しそうな顔をしてご令嬢達に囲まれているではないですか」

「嘘じゃないさ。こう見えて一途《いちず》なんだよ、俺——って、話がズレてしまったね」

今までの軽い雰囲気が嘘だったかのように、フレンは真剣な顔をしてアルダンテに向き直る。

「カーディス王国第二王子、フレン・カーディスがここに誓おう。この企みがうまくいって俺

が王位に就いた暁には、君が望むままの報酬を約束する――と、これでいいかな?」

「いえ、口約束など信用できません。誓約書もきちんと書いて頂きますわ」

「しっかりしてるなあ。でもそう言うと思ってちゃんと用意してきたよ。ほら」

フレンが懐から取り出した誓約書にアルダンテはしっかりと隅々まで目を通す。そして書類に不備がないことを確認すると、いつも通りの澄ました無表情で言った。

「これで契約成立ですわ。よろしくお願いしますわね、共犯者さん」


「――失礼いたします」

フレンとの契約を交わした時のことを思い出していたアルダンテは、ドアの外から聞こえてきた侍女の声で我に返った。

「どうぞ」

返答の後、ティーセットをワゴンに乗せた侍女が入ってくる。

「お紅茶をお持ちいたしました」

侍女はそう言って会釈をすると、アルダンテの前にあるテーブルにワゴンからティーカップを置いた。

カップに紅茶を注いだ彼女は、再び会釈をしてから静かに部屋から退出する。

(この紅茶……まさか毒は入ってないわよね?)

一瞬疑いを持ったアルダンテだったが、もしクザンが自分を殺そうとするのならそんな騙《だま》し打ちのようなことをせずとも、この敷地内に入った時点でどうとでもできると考え直す。

（飲まないことが最善だけれど、この薔薇庭園にしばらく滞在する予定なのに、今からそんなことを疑っていたら、この先あらゆる水が飲めなくなってしまうわ）

「……いただきます」

意を決して、ティーカップに入っている紅茶を一口飲んだ。

なんの変哲もない紅茶の味に、アルダンテは安堵する。

むしろ香り高く、風味もいいその紅茶は、最高級の品と言ってもよかった。

「いい茶葉を使っているじゃない。さすがは王室御用達の紅茶、ね……？」

突然すさまじい眠気に襲われて、ふらつく頭を手で押さえる。

ソファの背もたれにぐったりと身体を預けたアルダンテは、目の前に置かれている紅茶を指の隙間から睨みつけた。

（やっぱり水一滴口に含むんじゃなかったわ。次からは毒見役が必要ね）

それが紅茶に入っていた睡眠薬のせいだと思い至った時には、アルダンテの意識は真っ暗になってまどろみの中に沈んでいった。

第三章　とってもお似合いよ？

ギシ、とベッドが軋《きし》む音が部屋に響き渡る。

続いてサラサラとした衣擦《きぬず》れの音が耳をくすぐった。

（ここは、どこ……？）

聞こえてきた音と背中に感じた感触で、アルダンテは自分がベッドの上に仰向けに寝かされていることが分かった。

（私、睡眠薬で眠らされて……いけない、目を覚まさなくては）

曖昧な意識の中、薄っすらと瞼《まぶた》を開く。

ぼんやりとした視界に映るのは、シャツをはだけた男の姿だった。

「誰……？」

くすんだ茶髪に鶯色の瞳。

自分に覆いかぶさっている男のその容貌に、アルダンテは見覚えがあった。

（この男は……クザン……!?）

なにをされているのか分からず、困惑するアルダンテを見てクザンがニヤリと笑う。

クザンは未だ意識が覚束ないアルダンテの胸元に手を伸ばすと、おもむろにブラウスのボタンを外そうとした。

そこでようやくアルダンテは自分が今、目の前の男に襲われているのだと気がつき、寝ぼけていた意識を叩き起こす。

「――それ以上私に触れようとしたら舌を噛んで死にます」

アルダンテの口から発せられた冷たい声に、クザンの手がピタリと止まった。

「なんだ、起きたのか。もう少し眠っていれば私の女にしてやったものを」

フン、と面白くなさそうに鼻を鳴らすクザンを、アルダンテは睨みつける。

「眠らせている間に女を襲うなんて、随分と卑劣な真似をなさるのね？　恥を知りなさい」

その言葉にクザンは一瞬眉を吊り上げて怒りを露にしかけたが、すぐに余裕を取り戻した。

「いくら強がろうがこの薔薇庭園に来た時点でお前は私の所有物だ。見よ、私に組み敷かれた今の状況を」

クザンがアルダンテの顎を掴んで顔を近づける。

嗜虐的な笑みを浮かべたその顔は醜く歪んでいた。

「お前など私が望めば好きな時にいつでも抱けるのだ。情婦も同然よ！　ふははっ！」

「っ！」

クザンの手によってベッドに突き飛ばされたアルダンテが苦痛に顔を歪める。

このまま襲われるかと思い、抵抗するために拳を握り締めたアルダンテだったが――。

「――クザン様」

コンコンという控えめなノックの音に遅れて、使用人の声が部屋に響いてきた。

「財務大臣のヴェヒター様から取り急ぎお話したいことがあるとのことですが」

「……チッ。いいところで邪魔をしおって」

身を起こしたクザンは、不愉快そうに舌打ちをするとアルダンテに背を向けてベッドから立ち上がった。

そのまま部屋を出て行こうとするクザンを見て、アルダンテは警戒しつつ未だ力の入らない震える指で緩んだ服の襟を正す。

「――感謝するのだな」

クザンがドアに手をかけた状態でアルダンテを振り返った。

不機嫌な表情をしたクザンは、ベッドにいるアルダンテを指さして口を開く。

「お前が白薔薇の姉だったことを。本来は奴隷として扱われるはずだったお前を私の婚約者候補にしてやったのも、すべて心優しいアルラウネが泣きながら姉を許してくれと歎願した結果だ」

(アルラウネが私を助けた……?)

薔薇庭園に行くためにエクリュール邸を出て行く時、アルラウネは憎しみを込めた目でアルダンテを睨んでいた。

そんな目をした人間が、善意でアルダンテを救うはずがない。

（……あり得ない。絶対になにかを企んでいるに決まっているわ。それに――）

「私を婚約者候補にした意味が分かりません。私は貴方のことが嫌いですし、貴方も私のことがお嫌いでしょう？」

アルダンテの問いに、クザンはニヤリと下卑た笑みを浮かべた。

「お前が蛇蝎《だかつ》のごとく嫌っている私に抱かれている時に、どんな悔しい顔をするのかが見たくなった。理由はそれだけだ」

バタン、とドアを閉めてクザンが部屋から出て行った。

「……なんて悪趣味な男。最低な気分だわ」

服を脱がされそうになった時のことを思い出すと背筋が悪寒でぶるりと震える。

そこで薬が抜けたのかようやく身体が満足に動くようになったことに気がついたアルダンテは、ベッドから立ち上がった。

（寝る前と同じ屋敷かしら。客間から部屋を移動しただけ……だと思うけど。さすがに外に出たら私も起きるでしょうし）

部屋を見渡せばそこは寝室だった。

窓の外から漏れてくる日差しは、まだ昼過ぎの暖かなものである。

(とりあえずは難を逃れたけれど、あの男……クザンは必ずまた私を襲いに来るでしょうね)

「その前に自分がすべきことをやってここから脱出しないと」

丁度いいことに、アルダンテが今いる屋敷の目の前は黄薔薇姫マーガレット・ソーンが住まう黄薔薇邸だった。

(さて、どうやってあの娘に私の恐ろしさを分からせてあげようかしら)

夜会で会った時、アルダンテはマーガレットとは初対面だったにも関わらず一方的に敵意を向けられている。

その状態から仲を深めて親の弱みを引き出すなどはっきり言って至難の業だった。

だがアルダンテは最初からマーガレットと友人になろうなどとは考えていない。

むしろその逆だった。

「夜会での借りは返させてもらうわよ。散々人前で馬鹿にしてくれたお礼をね」

まずは受けた屈辱をやり返す。

その上でクザンの弱みも手に入れる。

それがフレンに任せろといったアルダンテのやり方だった。

「――いばら姫様。いらっしゃいますか」

ドアの外から侍女らしき女の声がする。

衣服を整えてからアルダンテはドアを開いた。

ドアの前に立っていたのは、睡眠薬を盛った侍女である。

彼女はアルダンテを見ると一瞬、薄っすらと蔑むように笑った。

「黄薔薇邸から迎えの侍女が来ておりますが、いかがなさいますか」

（まるで図ったかのようなタイミングね。ここに私がいることはもう知られているみたい。でも、こちらとしても好都合だわ）

「今行くわ。それと――」

アルダンテは目を細めると低い声で威圧するように言った。

「その名前で私のことを呼んだ人間は、すべて〝敵〟とみなしているのだけれど――貴女はその覚悟があるのかしら？」

侍女の首筋を手で掴む。

このまま首を絞められるとでも思ったのか、侍女は怯えた表情で恐る恐る口を開いた。

「そ、それは……存じ上げておりませんでした……」

「そう。では今後気をつけてね」

首筋から手を離し、微笑みながら侍女とすれ違う。

背後で侍女が尻もちをつく音がしたが、アルダンテは気にも留めずそのまま廊下を歩いて行った。

「……私も甘いわね。二度と薄ら笑いができないように、痛い目に遭わせてあげればよかったかしら」

客間に入ると、そこには黄薔薇邸の侍女と思われる金髪の娘が立っていた。

（まあいいわ。メインディッシュはこれからだものね）

「――黄薔薇姫様がお屋敷でお待ちです。どうぞこちらへ」

一目見た時から察していたことではあった。

だが黄薔薇邸の中に入ったアルダンテは、改めて自分の認識が正しかったことを確信した。

（夜会で着ていたドレスや身に着けていた宝飾品を見た時からそうではないかと思っていたけれど）

屋敷の玄関から廊下の床は大理石。

壁にはずらりと絵画が並び、額縁はすべて金で作られていた。

棚の上には一目で高価と分かる壺が置かれている。

（黄薔薇姫というより成金姫ね、これは）

財務大臣の娘であるマーガレットは、金に物を言わせて常日頃から衣服や宝飾品で過剰なほどに豪奢に自分を飾り立てていた。

そのまばゆく煌びやかな姿から彼女は社交界で黄金の薔薇姫と呼ばれるようになり、それが黄薔薇姫の由来となっている。


「こちらです」

廊下を歩いていた侍女がドアの前で立ち止まった。

絵画や壺を観察していたアルダンテは、少し遅れて侍女の後ろに追いつく。

侍女はドアをノックしてから部屋に向かって声を掛けた。

「黄薔薇姫様。アルダンテ様がお越しになられました」

そのまま少し待っていたが返事はない。

侍女は慌てた様子でもう一度声を掛けようとしたが――。

「――あーん、もう！　なんでそこで大きい数字が来るのよ！　馬鹿！」

それを遮るように、部屋の中からマーガレットと思しき甲高い声が聞こえてきた。

「いるみたいだけど」

呆れた様子でアルダンテが声を掛けると、侍女は眉根を寄せて困った表情になる。

「おそらく賭け事をしているのかと……あの、黄薔薇姫様。アルダンテ様が――」

「うるさいわね！　今いいところなのよ！　アルダンテだかなんだか知らないけど、そこらで適当に待たせておきなさい！」

どうしていいか分からずにきょろきょろと目を泳がせる侍女。

(人を呼んでおきながらこの仕打ち……まったくふざけた娘ね)

「埒《らち》が明かないわ。入らせてもらうわよ」

「えっ、あの!?」

制止しようとする侍女を押しのけて、アルダンテはドアを開けた。

居間と思しきそこは見渡せるほどに広く、そしてやはりというべきかそこかしこに壺や絵画といった、いかにも高価な調度品が置かれていた。

部屋の中央にはテーブルが置かれていて、その周囲を囲うように四人のドレスを纏った令嬢が椅子に座っている。

彼女達は突然部屋に入ってきたアルダンテを気にも留めずに、テーブルの上に置かれたなにかに熱中しているようだった。

怪訝に思ってアルダンテがテーブルの方に近づいて行くと、黄色のドレスを着た令嬢――マーガレットが突然両手を上げて悲鳴をあげた。

「今度は下!? なんなのよ、もう! ついてないにもほどがあるわ!」

「うふふ! 今日は私のひとり勝ちですわね、マーガレット様! これで新作のドレスが買い放題ですわ」

「残念! 今日はツキに見放されているようですわね、マーガレット様!」

テーブルを見ると、そこにはトランプのカードが置かれていた。

その周りには大量の金貨が積まれている。

「次は絶対勝つんだから！　明日またやりましょう！　ね⁉」

「いいですわよ。でも大丈夫ですの？　今月はもう大分負けが込んでいるのでは」

「私を誰だと思っているわけ？　財務大臣の娘よ！　お金なんてお父様にお願いすればいくらでももらえるんだから！」

「きゃー！　さすが黄薔薇姫様！　私達もあやかりたいですわあ」

（まさか本当に賭け事をやっているなんてね。まったくいいご身分だこと）

呆れた顔でアルダンテが様子を見ていると、背後の存在に気がついたマーガレットが、椅子に座ったまま振り返った。

その顔にはニヤニヤと人を小馬鹿にするような笑みが張りついている。

「クザン様は優しく抱いてくれた？　ああ、待って。その欲求不満そうな顔を見たらすぐ分かるわ。お手つきすらしてもらえなかったのでしょう？　残念だったわねえ？」

（……馬鹿？　なにを言ってるのこの娘は。まさか私が望んでクザンの婚約者になりに来たとでも思っているの？）

まるで見当違いの邪推をしてくるマーガレットに、アルダンテは唖然《あぜん》としてしまった。

そんなアルダンテの反応を見て、痛いところを突いたとでも勘違いしたのか、彼女は口に手を当てて「あはっ！」と嘲笑《あざわら》う。

「夜会であれだけクザン様に嫌われたアンタがどんな手を使って薔薇庭園に入り込んだかは知らないけど、ざまあないわね！　所詮アンタは〝いばら姫〟。白馬の王子様に相手にされるわけがないのよ！　ほら、これを見なさい！」

マーガレットが左手をかざす。

彼女の薬指には大きな琥珀色の宝石がはめ込まれた指輪がはまっていた。

「これがなにか分かる？　クザン様から頂いた婚約指輪よ！　王家ゆかりの方しか取引が許されていない一等級の宝石がつけられた超高級品！　アンタには決して手が届かない物よ！」

窓から差し込んだ光を受けて、指輪の宝石が鈍く光る。

（あら……？　これって――）

指輪を見ていぶかしむように目を細めるアルダンテに、マーガレットは勝ち誇ったかのように言った。

「これがクザン様に愛された私と、有象無象の女のひとりのアンタとの絶望的なまでの格差ってわけ！　アンタがつけてるいかにも安っぽい指輪と見比べて、どう？　落ち込んじゃった？　ご愁傷様ね！　おーっほっほっほっ！」

椅子から立ち上がって高笑いするマーガレット。

そんな彼女をアルダンテは冷めた目で見ながら口を開いた。

「……勝手に盛り上がっているところ悪いけれど、そろそろ私をここに呼び出した理由を聞かせてくれないかしら？」

ひとしきり笑った後、マーガレットは「ふぅ」と一息つく。

そして顎をしゃくりながら偉そうにアルダンテを見ると、やれやれと呆れたように肩をすくめた。

「まったく貧乏人はせっかちね。嫌だわ、育ちが悪いって。ねぇ皆さん？」

マーガレットに話を振られた周りの令嬢達がくすくすと馬鹿にしたように笑う。

「用がないなら失礼させていただくわ」

立ち去ろうと背中を向けるアルダンテに、マーガレットは言った。

「――私と組みなさい、アルダンテ」

眉をひそめて振り返る。

マーガレットは腕を組み、自信に満ち溢れた顔でアルダンテを見ていた。

まるで断られることなど想定していないと言わんばかりの表情で。

「認めるのは癪だけれど、はっきり言って今一番王妃に近いのはアンタの妹のアルラウネよ。実際、クザン様は薔薇庭園に来るとまず真っ先に白薔薇邸に行かれるもの」

「妹の弱みでも教えろと？」

マーガレットが頷き、アルダンテに向かって指をさす。

「話が早いじゃない。もうアンタはクザン様の伴侶になることはないんだから、私が王妃になるために協力しなさい。いいわね？」

（なにもよくないわよ。どれだけ甘やかされて育てられたらこんな傲慢で自己中心的な人格ができあがるのかしら。親の顔が見てみたいわ）

鼻白むアルダンテにマーガレットはなにを勘違いしたのか、呆れたような顔をして「この守銭奴が」とつぶやいた。

「はいはい、分かったわよ。もし協力するのなら、ここを出てもしばらく暮らしていけるぐらいの金品を恵んであげる。ろくなドレスひとつ持っていないアンタみたいな貧乏貴族の女にとっては、悪い話ではないでしょう？」

アルダンテの着ている私服を見て、マーガレットが口端を歪めて笑う。

どこまでも人を馬鹿にしたその態度に、アルダンテは思わず口元を手で覆った。

「――ああ、もう」

（そろそろ我慢の限界。だってこんなに偉そうな態度を取っておきながらこの娘――ふふっ）

「……ちょっと。アンタなに笑ってんのよ」

マーガレットが眉をひそめて不機嫌な表情になる。

手のひらで隠れたアルダンテの口元は、ニヤニヤと悪意の満ちた笑みを浮かべていた。

「頭のおかしい人と組む気はないわよ」

「ああ、ごめんなさい。だって——あまりにも貴女が滑稽だったものだから、つい我慢ができなくて」

「誰が滑稽ですって⁉　見下してんじゃないわよ！　負け犬のくせに！」

マーガレットは怒りに顔を歪めながら、すぐ傍にあった、先ほど賭け事をしていたテーブルを手のひらでバン！と叩く。

「きゃっ⁉」

座っていた令嬢達が悲鳴をあげるが、マーガレットは気にもせずにアルダンテを睨みつけていた。

そんな彼女に対してアルダンテは、薄っすらと笑いを浮かべながら口を開く。

「確か協力した見返りは金品でくれるのだったわね？」

「はあ？　なによ、結局金目当てなんじゃない。貧乏根性丸出しね。それで？　なにが欲しいのよ。金貨？　宝石？」

マーガレットが再び勝ち誇ったかのように見下してきた。

対してアルダンテは、頬に手を当てて困ったように首を傾げる。

「ああ、でもどうしようかしら。教えたところで、ねえ？」

「なによ！　さっきから態度がデカいわよアンタ！　思わせぶりなことを言って、本当は白薔薇の弱みを持ってないんじゃ——」

「だって——貴女ってそんなにお金を持っていそうに見えないじゃない？」

アルダンテのその言葉に、マーガレットは固まった。

「は……はあ⁉　アンタの目は腐ってんの⁉　この私のどこを見てそんなことを言ってるのよ！　財務大臣の娘よ私は！」

マーガレットは両手を広げると、今までにないほどに必死な形相で叫ぶ。

「ドレスも！　首飾りも！　指輪も！　この屋敷に置いてあるすべての物が！　アンタみたいな貧乏貴族の女じゃ一生かかっても手にできないくらいの最上級品よ！」

「そうなの？　でも不思議ね。だったらどうして、ここにあるのは偽物ばかりなのかしら」

「……は？」

目を大きく見開いたまま、マーガレットが固まった。

「廊下を歩いている途中、ずっと気になっていたのよね。飾ってある絵画。あれは名画を模写しただけの安物よ？　置いてある壺も本物に似せて作られただけの贋作《がんさく》だったわ」

「嘘を言わないで！　なんでアンタにそんなことが分かるのよ！　あれは本物よ！　だってこの屋敷の物は全部、クザン様が用意してくれたものなのよ⁉　ねえ、みんなもこの女になにか言ってやって——」

マーガレットがテーブルにいる令嬢達に顔を向ける。

すると令嬢達は明らかに慌てた様子でマーガレットから視線をそらした。

それを見た彼女は呆然とした表情でつぶやく。
「え……？　本当に、偽物なの……？」
「そ、そんなわけないですわ！　本物ですわよ、きっと！」
「え、ええ！　そうですわ！　まさかクザン様が愛するマーガレット様に偽物を贈るだなんて
そんな……ねえ!?」
令嬢達のその反応からアルダンテはすぐに察した。
彼女達は屋敷の物が偽物だと知っていたのに、あえてマーガレットに教えていなかったのだ
と。
（そういえば先ほどは賭け事でマーガレットをカモにしていたわね。まったく立派なご友人を
お持ちだこと）
友人達の反応を見て愕然《がくぜん》としていたマーガレットは、突然ハッと我に返るとアルダンテに向
き直る。
「こ、これを見なさいよ！」
マーガレットが左手の甲をアルダンテの顔に近づける。
「教養のないアンタは知らないかもしれないけど、一等級の宝石には王家の刻印が入ってるの
よ！　ほら！」
薬指にはまった指輪の琥珀色の宝石には、王家の刻印が刻んであった。

「屋敷の物はなにかの手違いで偽物だったのかもしれないけれど、この印が入っている物は間違いなく本物よ！　ああ、そうだわ。以前にクザン様からもらったこの首飾りにも、同じ一等級の宝石が――」

しかしそれを見たアルダンテは――。

「――くふっ」

ついに堪えきれなくなって噴き出した。

「だからなにがおかしいのよぉ⁉」

半ば半狂乱になりながら涙目で絶叫するマーガレットを前に、アルダンテは自らの懐に手を伸ばした。

そしてそこに忍ばせていた扇子を取り出してパン！　と勢いよく開く。

大きな音にマーガレットがビクッと、身体を震わせた。

「おかしいったらないわよ。ほら、貸してごらんなさい」

「あっ⁉　なにすんのよ泥棒！」

アルダンテがマーガレットの手から指輪を取り上げる。

慌てて取り返そうと伸ばしてくるマーガレットの手を避けながら、アルダンテは窓から差してくる陽の光に指輪をかざした。

「本物の一等級の宝石はね。陽の光にかざすと、王家の刻印――つまり国の紋章が影になって浮かび上がるのよ」

琥珀色の宝石は陽の光を浴びると鈍く光るだけで、なんの影も落とさない。

「こんな風にね」

次にアルダンテは自分の右手の薬指につけた赤い宝石のついた指輪を光にかざした。すると――。

「嘘よ……なんで私が偽物しか持っていないのに……アンタなんかが……アンタなんかが本物を持っているのよ……！」

マーガレットが地面に膝をつく。

彼女は床に浮かび上がった刻印を、両手の爪でギリギリと掻きむしった。

そこにその影が存在していることを、決して許さないとばかりに。

「――ねえ」

居ても立っても居られず、アルダンテは身をかがめてマーガレットと視線を合わせた。

「そんなに落ち込まないで。さあ、立って。貴女は王国一美しい薔薇のお姫様でしょう？」

「な、慰めなんていらないわよ馬鹿……」

優しく微笑みながらアルダンテがマーガレットに手を差し伸べる。

「……私、アンタのことを誤解していたわ」

マーガレットが恐る恐る、アルダンテの手を取ろうと左手を伸ばしてきた。

「アンタって本当は悪女なんかじゃなくて、とても優しい――」

「――この偽物の宝石を使った指輪」

その手を掴み、アルダンテはマーガレットの薬指に琥珀色の指輪をゆっくりと通していく。

「丁度色も濁った汚い黄色だし、黄薔薇姫の貴女にぴったりじゃない。クザン様も粋な計らいをするわね。二等級以下のクズ石を使っているのも、二流以下の貴女にはとってもお似合いよ？」

「あ、あ……」

絶望した顔で自分の指にするすると通っていく指輪を凝視するマーガレット。

そんなマーガレットを満足気に見た後、アルダンテは彼女の耳元に顔を近づけて囁いた。

「――ほらね。とっても惨めなお姫様の出来上がり」

その言葉がトドメとなって、完全にマーガレットの心は砕け散った。

「嘘よ！　こんなの嘘よおおお！　うわあああ！」

首飾りを放り投げ、床に突っ伏して泣き出すマーガレットを見て、アルダンテは立ち上がる。

「身のほどを思い知ったかしら？　やられたら倍にしてやり返すのが私の流儀よ。努々覚えておきなさい」

優雅に扇子を仰ぎながら、足元にひれ伏すマーガレットに言い放つ。

マーガレットは最早聞いていているのかいないのか、ずっと床を叩きながら泣き喚いていた。

「マーガレット様！」

友人の哀れな姿を見かねたのか、令嬢達が椅子から立ち上がってマーガレットに駆け寄る。

彼女達は身をかがめてマーガレットの身体を支えるようにしながら口々に言った。

「大丈夫ですわよ、マーガレット様！　調度品ならお父様に本物を買ってもらえばいいではないですか！」

「そうですわ！　マーガレット様も言っていたではありませんか！　お金なんて税金を増やせばいくらでも領民から徴収できるって！」

「それに他の薔薇姫様がクザン様からもらっていた一等級の宝石つきの宝飾品も、実は偽物なのではないですか？」

「そうよね、王族の人だってひとり一個しか持っていないような代々王家に伝わる宝飾品だもの、きっと偽物に違いないわ！」

（聞くに堪えないわね）

うんざりしたアルダンテは彼女達をその場に残して部屋を出た。

部屋のドアの前には、アルダンテをここまで案内した金髪の侍女が笑顔で待っていた。

「しばらくは出てこないと思うわよ」

侍女に声を掛けてから廊下を歩き、玄関から外に出る。

風になびく髪を押さえながら、アルダンテは次の行き先を思案した。

（フレン様はクザンの私用の屋敷もあるようなことを言っていたけれど、どこにあるのかしら）

「マーガレットに聞いておけばよかったわね」

「――それは無理だと思いますよ。あれだけコテンパンにしちゃった後じゃね」

突然背後から掛けられた高い声に振り向く。

するとそこには先ほど別れたばかりの金髪の侍女が立っていた。

「……まだついてきていたの？」

侍女の妙に馴れ馴れしい言葉遣いを不審に思いながらもそう尋ねると、彼女はアルダンテの傍まで歩いてくる。

そして目の前で立ち止まると背中で両手を組み、上目遣いでアルダンテを見上げながら言った。

「へえ。あに様の思い人ってこういう感じの人なんですね。確かに今までにいなかったタイプ」

しげしげと観察するように自分を見てくる侍女に、アルダンテは眉をひそめる。

（誰……？　あに様ということは、誰かの妹かしら。でも侍女をやっているような子に心当たりなんて――あっ）

「もしかして貴女、フレン様の――」

「しーっ」

言いかけたアルダンテの口に、侍女が人さし指を押しつける。

「……それは内緒なんだから言っちゃダメですよ？」

予想が当たったアルダンテは侍女の注意を聞いて口を閉じた。

（薔薇庭園に潜入している部下がいると言っていたけど、この娘がそうみたいね）

黙ったまま頷くアルダンテに、侍女は「いい子ですね」と言って柔らかい笑みを浮かべると、スカートの裾をつまみ会釈をする。

「僕……じゃなかった。私、セランって言います。これからアルダンテ様が滞在されるお屋敷までご案内いたしますね」

セランがパチリとウインクした。

先ほどまでの緊迫した雰囲気とは真逆の軽い雰囲気に、アルダンテは気が抜けてため息をつく。

（フレン様に少し似ているわね。もしかして妹君なのかしら。だとすれば王女様……？　でもそんな方がいるなんてお話は聞いたことがないけれど）

「どうしたんですか？　先に行っちゃいますよ？」

「いえ、なんでもないわ。案内よろしくね、セラン」

セランの背中を追うように、舗装された道を歩く。

（フレン様の部下で先ほどの私とマーガレットとのやり取りをすべて部屋の外で聞いていたということは、最後に取り巻きが言っていた財務大臣とクザンの不正の告白も耳に入っていると

いうことよね）

税金を不正に多く徴収して娘に与えているという財務大臣。

王家の宝飾品を勝手に薔薇姫に与えているというクザン。

どちらも本当の話なのかは裏を取ってみないと分からなかったが、もし真実ならばこれはクザンの権力基盤を揺るがす弱みのひとつとなる。

（私はただ個人的にマーガレットに仕返しをしただけだけれど、図らずも不正の手がかりを掴めてよかったわ。後はフレン様に丸投げしておきましょう）

そんなことを思案しながらしばらく歩いていると、不意にセランが振り返った。

「そういえば聞きたいことがあったんですけど」

「なにかしら」

「屋敷にあった絵画や壺が偽物だってどうして分かったんです？　余程そういうのに詳しい目が利く人じゃないと分からないと思うんですけど。あの場にいた商家のお嬢様達なら話は別ですが」

なるほど、とアルダンテは今更ながら納得した。

商家の娘なら確かに調度品の真偽を見定めることもできるだろうと。

「真偽なんて分かってないわよ」

「へ？」

「あれはハッタリよ」

アルダンテの言葉にセランが目を丸くする。

「偽物だと分かったのは指輪だけ。他は適当よ」

「えー！　本物だったらどうするつもりだったんですか⁉」

「さあ。でも偽物の確率の方が高いと私は思ったわ」

「どうして⁉」

身を乗り出してくるセランに、アルダンテはフッと笑いながら言った。

「一番印象に残る指輪に偽物を贈るような人間が、他のどうでもいい置物に本物を贈るわけがないじゃない？」

アルダンテからしても、あの場面でのあの発言は正直賭けだった。

だがアルダンテはマーガレットに負ける場面などまったく想像していなかった。

なぜならすぐ直前に、周りにいた令嬢の口からアルダンテはとある言葉を聞いていたからである。

（マーガレットはツキに見放されているってね）

「なーんだ。じゃあこれも偽物ですか」

「貴女、それって……」

セランが懐から琥珀色の宝石が随所に散りばめられた首飾りを取り出した。

（確かマーガレットが言っていたわね。クザンから首飾りももらっていたって）

「いつの間に取ってきたのよ。いくら悪人の物とはいえ、泥棒はダメよ。返してきなさい」

「王家の宝飾品だと思ったから取り返してきたつもりだったんですけどね。仕方ない、後でこっそり返しておきますよ。あーあ、本物ならなあ……って、あれ？」

首飾りを陽にかざしていたセランが固まる。

目の前に映ったその光景にアルダンテもまさかと、驚いた。

「……危なかったわ。これを先に出せば追い詰められていたのは私だった。あの子、本当にツイてなかったわね」

「他の物は全部偽物だったのに逆にどうしてこれだけ？　もうわけが分かりませんよ」

（クザンも最初はマーガレットをちゃんと愛していたのかもしれないわね。途中からあまりのわがままさに愛想を尽かして、適当な物を与えていたとか……そんなところかしら）

セランの足元の地面には、指輪が浴びた陽の光によって王家の紋章が影となって浮かび上がっている。

それは空にかかった雲のせいで、すぐに大きな影にのみ込まれて見えなくなった。

第四章　ごめんなさいは？

アルダンテが薔薇庭園に来てから一月《ひとつき》が経った。

クザンによって用意されていたお屋敷――通称〝いばら邸〟は、他の薔薇姫達が住まう屋敷に比べると地味で小さい建物だったが、元より豪華な生活など望んでいないアルダンテにとってはなんの問題もなくむしろ快適に過ごしていた。

唯一懸念していたクザンの訪問はなぜか一度もなかったが、アルダンテとしては顔も見たくないので、会わないならその方が断然いい。

また、お屋敷には侍女がふたりほどついたが、会話はほとんどなかった。

当然彼女達はクザン側の人間なので、アルダンテも馴れ合う気は毛頭ない。

当初、アルダンテはフレンの部下である侍女の格好をしているセランが、そのまま自分の侍女をするのかと思っていたが――。

「私がここでお手伝いをしていたら誰が薔薇庭園で情報収集をするんですか！」

と、怒られてしまった。

（それもそうよね。私がここに弱みを握りに来ているのと同じで、セランもフレン様に命令されて来ているのだろうし）

セランは週一回ほどのペースでいばら邸に現れて、アルダンテとフレンの連絡役になっている。

しかし初日こそマーガレットの一件で早速弱みを暴いたアルダンテだったが、それ以降実のある報告はできずにいた。

アルダンテとしても手をこまねいていたわけではない。

一か月の間、他の薔薇姫に会うために毎日青薔薇邸や白薔薇邸を訪ねたが、ほとんどが留守かクザンが訪問中とのことで対面できなかった。

(絶対居留守でしょ……ふざけてるわ)

そんなある日。いばら邸に一通の手紙が届く。

手紙には青い薔薇の形の封がされていて、差出人には青薔薇姫、ネモフィラ・アングストの名前が書いてあった。

手紙の内容はこうである。

『明日の昼、青薔薇邸でお茶会をするので薔薇姫の皆様方は是非ともお越しください。美味しいお茶とお菓子を用意して待っておりますわ。いばら姫様もどうぞ遠慮なさらずにご参加くださいませ。それでは当日を楽しみにしております』

その日は雲ひとつない晴天で、絶好のお茶会日和だった。

青薔薇邸のテラスに置かれたテーブルの周りには四つの席が用意されていて、そこにはそれぞれネームプレートが置かれている。

白薔薇姫。青薔薇姫。黄薔薇姫。そしていばら姫。

白薔薇姫の席だけ空席となってはいたが、他の席にはそれぞれの薔薇姫が座り、向かい合っていた。

端から見れば年若い令嬢達がティーカップを片手に談笑に花を咲かせているような光景に見えただろう。

しかし実際そこで行われていたのは、そのような微笑ましいものとはまったく真逆のものだった。

「あらあらどうしたのおふたりとも。表情が硬いですわねえ。せっかく皆さまで親睦を深めようとして呼んだのに、これではまるでお葬式ですわ」

お茶会を開いた主、ネモフィラがわざとらしく眉根を寄せて悲し気な表情をする。

アルダンテは明らかになにかを企んでいるネモフィラに隙は見せまいと、無表情のままその場の動向を見守っていた。

そんな中、ネモフィラがおもむろにマーガレットの方を見て「まあ」と声をあげる。

「そういえばマーガレット様。今日は随分と地味な——失礼、素朴な格好をなさっているのね？」

突然馬鹿にするような発言をするネモフィラに、マーガレットが声を荒げた。

「は、はあ⁉　なによアンタ！　嫌味で言ってるの⁉」

「あら、別に他意はないのよ？　ただ気になっていたのよね。ほら、マーガレット様はいつも安物の宝飾品ばかり身に着けていらっしゃったでしょう？」

「っ⁉」

マーガレットの顔が青くなる。

なぜ貴女がそのことを知っているのと言わんばかりに。

「あれを見る度に私、感動に胸を打たれていましたのよ。わざと安物の宝飾品で着飾るなんてそんな惨めなこと、私だったら絶対に耐えられないわ。まさか目利きができなくて、偽物だと気づいていなかったわけでもないでしょうに」

マーガレットが怒りの形相でアルダンテの方を向く。

クザンからもらった偽物の宝飾品をマーガレットが喜んで身に着けていたことを、アルダンテがネモフィラにバラしたと思っているのだろう。

（勝手に目の敵にされているけど、本当に私は誰にも言ってないのよね。あの場にいた商家の娘達が言いふらしたのかしら。それとも――）

ネモフィラはニヤニヤと嗜虐心に満ちた嫌らしい笑みを浮かべながら、さらに話を続けた。

「だからずっと思っていたの。マーガレット様はとても倹約家で素晴らしいお方ねって。貴族の令嬢とはかくあるべきよねえ。貴女もそう思うでしょう？　〝いばら姫様〟」

話を振られたアルダンテは、黙したまま目を閉じる。

（この娘が責められるのは自業自得だけど、寄ってたかって言葉攻めで袋叩きにして喜ぶような趣味は私にはないわ）

つれないアルダンテの様子にネモフィラは不満そうに口を尖らせるが、なにかを思いついたのかパン、と手を叩いて嬉しそうに言った。

「ああ、でも倹約するのも仕方ないかもしれないわね。だってマーガレット様のお父様――近々財務大臣をお辞めになるのでしょう？」

その言葉に、アルダンテは内心で驚きながら思わずネモフィラを二度見した。

（この女、なんでその話をもう知っているのよ）

それはアルダンテもセラン伝手についい先日聞かされたばかりの情報だった。

話によればアルダンテがマーガレットから探り出した不正の疑惑を元に、フレンが独自に調査をした結果、財務大臣の不正の証拠を掴むことに成功。

その後フレンが議会に告発すると、財務大臣は莫大な賠償金を払わされた挙句、クビになったとのことだった。

（……さすがは宰相の娘、といったところかしら）

また財務大臣の罪状に関しては、国庫の横領や税金の不正徴収等、民に知られれば暴動が起こってもおかしくないような内容であったため、王宮内では緘口令《かんこうれい》が敷かれており、それを知っているのは国でも一部の重臣だけという話である。

当然、その中に国の政の中心人物である宰相が含まれていることは、容易に想像できることだった。

そしてそれを正に体現するかのように、ネモフィラが口を開く。

「噂によれば、国庫からの横領に加えて王家の私財まで売って私腹を肥やしていたのだとか——ああ、噂よ噂。私だって信じているわけではないわ？　貴女のお父様がそんな大罪人だなんて、質の悪い冗談よね。おほほほ」

ネモフィラの畳みかけるような嫌らしい追及に、マーガレットはうつむいてプルプルと身体を震わせた。

そんなマーガレットの仕草に合わせるように、ネモフィラはわざとらしくさめざめと泣く素振りを見せる。

「でも寂しくなるわね。そんな噂が流れてはさすがのクザン様も貴女をこれ以上薔薇庭園に置いておけなくなるでしょう？　ということはもうマーガレット様とお会いできるのもわずか、ということになるわね」

ネモフィラが席から立ち上がり、震えるマーガレットの肩に手を置いた。

「贅沢《ぜいたく》三昧してきた今までと違って、これからの人生はつらく厳しいものになるでしょうが……ぷぷっ。世間の風評にも負けずに、ぷふふっ！　頑張ってね？　くふふふっ！」

「〜〜〜っ！」

堪えきれず笑いが漏れるネモフィラの手を振り払って、マーガレットが椅子から立ち上がる。

涙目になった彼女はそのまま背を向けると、どこかへ走り去っていった。

その後ろ姿を見送った後、ネモフィラは自分の席に戻ると、ティーカップを傾けて満足そうに言った。

「あー、愉快愉快。こんな愉快な見世物、中々見られたものではないわ。貴女も内心ではざまあみろと思っているのでしょう？　いばら姫」

「悪趣味ね。私は他人が他人に責められているのを見たところで、なにも思うところはないわ」

そう言ってアルダンテが席から立ち上がる。

「あらもう行かれるの？　今日はたくさん時間があるから、もっと話してあげてもよくてよ？私になにか用があったのでしょう？　毎日毎日馬鹿みたいにここに足を運んでいたものねえ。貴女がすごすご帰っていく惨めな姿を窓から眺めるのは、中々見物だったわよ。おほほほ」

（最悪。やっぱり居留守を使っていたのね）

その場から立ち去ろうとするアルダンテに、ネモフィラは「あら」と声をあげた。

「まだお紅茶が残っているじゃない。せっかくだからその一杯ぐらいは飲んで行かれたら？エクリュール家を追放された貴女ではもう二度とお目にかかれないような最上級品なのよ、それ」

ネモフィラはほとんど口をつけていない紅茶が残ったカップを指さして、クスクスと含み笑いを零《こぼ》す。

そんな彼女に向かってアルダンテは、フッと上から見下すように笑った。

「貴女みたいな性根がねじ曲がった女を見ていると、最高級の美味しいお茶もまずくなって飲めたものではないわ。捨てていいわよ、そのドブ水。ご馳走様」

「っ！」

背を向けて去るアルダンテの背後で、ガチャン！　と陶器が割れる音が響く。

「白薔薇といいお前といい、エクリュール家の女は本当に無礼ね！　品がないにもほどがあるわ！　さっさと私の屋敷から出てお行き！」

（本性を出したわね。言われなくてもそうするわよ、性悪女）

隠れてべっと舌を出しながら、アルダンテは青薔薇邸を後にした。

「……弱みを探る前に、まずはフレン様になんであの女が機密情報を知っていたのかを聞かないとダメね」

前回、マーガレットを追い詰めた時に、相手のことをよく知らずに立ち回ったせいで危うく足元を掬《すく》われかけたことをアルダンテは深く反省していた。

（元々出たとこ勝負ではあるけれど、それでも不安要素は少ないに越したことはないもの。とはいえ、時間にも限りはあるから、そうゆっくりはしていられないわね――）

ビリッ、と。布が裂ける音がした。

アルダンテはそれが自分が着ているブラウスの肩の部分が裂けた音だと気がついて、ため息をつく。

（そういえばこれ、実家にいた時から何度も縫い直して使っていたのよね。もう限界かしら）

エクリュール家にいた時、服も満足に買い与えられていなかったアルダンテにとってはそれが日常だった。

だが一応何着かは替えがあった実家の時とは違い、ほとんど着の身着のまま家を出ることになったアルダンテは、この薔薇庭園には数えるほどしか服を持ってきていない。

それゆえに、今着ていた比較的外行きでも実用に足るブラウスが使えなくなるのは、相当に困ることだった。

「……とりあえず普段着の替えぐらいは、用意した方がいいわよね」

衣服の調達を王都で済ませたかったが、薔薇庭園から薔薇姫が外に出るためにはクザンの許可が必要である。

あのクザンが脱走する可能性がある自分を外に出すとは思えなかったが――。

「一応外出申請をしてみましょうか。万が一に通るかもしれないし」

――――

一週間後。

無事外出申請が通ったアルダンテは、かろうじて外行きにできそうなワンピース姿で王都の商業区を歩いていた。

隣には監視兼従者である男が黙ったままついてきている。

これがクザンがアルダンテに外出許可を出すにあたっての条件だった。

(でもこんなにあっさり通るなんて思ってなかったわ)

お付きの侍女に王都への外出許可を申請してから三日後、クザンから手紙が届く。

そこには一日のみ外出の許可を出す旨と、もし逃げようとしたら国中にお前の顔を貼りだして指名手配してやると記されていた。

さすがにそこまではしないだろうと思いながらも、もしかしたらあの頭のおかしな男ならやるかもしれないと思い、アルダンテは背筋が震えた。

(結局手紙だけで姿も見せないし、あの男、相当焦っているようね)

フレンからの情報によるとクザンは資金源だった財務大臣が失脚した後、今まで金に物を言わせて押し通していた様々なことがうまくいかなくなって、頭を抱えているとのことである。

そんな状況で女に構っている暇などないのだろうと、アルダンテは結論づけた。

（それにしても……クザンが好き勝手するようになってから国民は重税に苦しんでいるという噂だけど、ここは随分と賑やかなようね）

王都の中心を突き抜ける商業区の大通りには様々な店が立ち並んでいる。

主に貴族や商家など、富裕層向けに商売をしている店のたたずまいはどこも高級感が漂っていて、とても平民がおいそれと入れるような雰囲気ではなかった。

しかしそれにも関わらず、左右にずらりと並ぶ店には頻繁に身なりのいい客が出入りしている。

（あるところにはあるものね、お金って。マーガレットの家みたいに、本当に真っ当な手段で稼いでいるかは怪しいものだけれど）

そんな風に街並みを眺めていると、不意に空からぽつりと雨が降ってきた。

雨はやがてザアザアと本降りになり、道行く人々は皆屋根のある店の中に避難していく。

アルダンテも例にもれず、周囲の人々に交じって駆け足で屋根のある場所へと走って行った。

（結構降ってきたわね。しばらくはお買い物は中断かしら）

皆が大通りの店に入っていく中、アルダンテは豪華な店構えを嫌って裏通りに入っていく。

人通りがほとんどない裏の通りにも、ひっそりと何軒か酒場や喫茶店があった。

その中でも閉店している喫茶店の軒下を選んで、アルダンテは雨宿りすることにして――。

「……あら？」

その時、ようやくアルダンテは今までずっと傍にいた監視の従者がいつの間にかいなくなっていたことに気がついた。

「後で怒られるかしら。でも不可抗力よね、これは」

自分を見失って必死に探しているであろう従者に対して罪悪感を感じつつも、王都でひとりになれたことに解放感を感じて伸びをするアルダンテ。

（近くの喫茶店にでも入って雨が弱まるのを待とうかしら。どこかに丁度いい店は――）

辺りを見回していたアルダンテは、裏通りの奥で見覚えのある男が雨宿りをしているのが見えた。

「フレン……？」

アルダンテは一瞬本当にその男がフレンなのか分からなかった。

普段のだらしなく着崩した格好ではなく、しっかり襟までボタンを留めたスーツ姿のフレンは、隣に立っている別の男から大きな紙袋を受け取っている。

男はフレンに紙袋を渡すと、そのままどこかへ立ち去って行った。

邪魔しては悪いと思ってその様子をじっと、離れた軒下で見ていたアルダンテは、会話を終えたフレンがこちらに向かってくるのに気がつく。

（のぞき見をしていたみたいで落ち着かないわね。別にそんなつもりじゃなかったのだけれど）

フレンはアルダンテの傍まで早足で向かってくると、立ち止まって隣に並んだ。

「久しぶり。いやあ、いきなり降ってきて困ったねホント」

フレンの濡れた金髪の前髪から雨水が滴り落ちる。

チラリと、脇に抱えている紙袋をのぞくとそこには香草や薬の瓶らしき物が大量に入っていた。

「それはもしや、国王陛下のための……？」

「そういうこと。いろんな国のをこっそり輸入業者から買っててさ。この国じゃ不治の病でも、他の国の薬は効くかもしれないって思ってね。藁《わら》をもすがる気持ちってやつだよ」

ヘラッと軽薄に笑うフレンの顔は、いつもより心なしか元気がない。

アルダンテは「そうですか」と短く答えて、それ以上言及しないようにした。

国王陛下の不治の病は深刻で、余命はあと一年もないとまで言われている。

それを必死で治そうと手を尽くしているであろうフレンに、知ったような素振りで適当に励ますことはアルダンテにはできなかった。

「そういえば服は無事買えたかい？　ってこの雨じゃ店に行けないか」

なぜ自分が服を買いにここに来たのをフレンが知っているのかと眉をひそめたアルダンテだったが――。

（きっとセランが報告したのね）

行動を監視されているようであまりいい気はしなかったが、利害の一致で協力しただけの互いによく知らない間柄である以上、彼が慎重を期すのも当然のことだろうと納得した。

「そうですわね。それに服を買う前にまず、宝石を換金してお金にしなければなりません」

「お金持ってないの？　じゃあ俺が出すよ」

「なりません。自分の物は自分のお金で買います」

「えー？　別に気を使わなくていいのに。これも協力の前払いだと思ってさ」

「なりません」

「強情だなあ」

問答を繰り返していたアルダンテはふと、裏通りの先――入ってきた方とは逆側の大通りに出る道に視線を奪われた。

おそらくは居住区に出るであろうそこの道には、大勢の平民と思われる人々が列をなしている。

彼らは皆、やせ細ってくたくたの服を着ていた。

その姿がエクリュール家で扱き使われていた頃の自分と重なる。

「うん？　どうしたんだい？」

背後から掛けられるフレンの声を無視して、アルダンテは平民達の方に足を向けた。

平民達が並んでいる大通りに出ると、そこには――

「押さないでください！　食料は全員に行き渡る分ちゃんとありますからね！」

雨の中、居住区の大通りの隅でメイド服を着た侍女が数人、横並びになって立っていた。

彼女達は列になっている平民達にパンやスープを配っている。

（配給？　腐った貴族ばかりだと思っていたけれど、中々立派な心掛けね）

感心しながら、どんな貴族がやっているのだろうとアルダンテは侍女達の方を見ていた。

すると彼女達の奥から白いドレスを着た白金の髪をした女が現れる。

「……感心をして損をしたわ」

その女――アルラウネは、雨に濡れるのも構わず、平民達に向かって両手を広げると慈しむように微笑んだ。

「本日はお集まりいただき感謝いたします。私達貴族が暮らしていけるのもすべては国民の皆さまのおかげ……今日は気持ちばかりではありますが、クザン様からお金を出して頂き、こうして恩返しに来ました。どうぞ遠慮なさらずにたくさん食べてお腹を満たしていってくださいませ」

実家では毒しか吐くことがなかった口から発せられる、アルラウネの気持ち悪いほどの猫かぶり声に、アルダンテは吐き気を催す。

しかしアルラウネの本性を知る由もない平民達は、その取り繕った別人のような姿に感激して「おお……」と感嘆の声を漏らした。

「なんとお優しい……そして美しい人だ……」

「貴族にもあんな人がいたなんて……アルラウネ様……まるで女神様ね……」

「最近重かった税が緩和されたが、それもアルラウネ様がクザン様に働きかけてくれたおかげだという噂だぞ」

「慈悲深い白薔薇姫様……食料をお恵みくださりありがとうございます……」

惚けて立ち尽くす者。

祈るように手を合わせる者。

ひれ伏して涙を流す者。

神か、悪魔か。ただそこに立っているだけなのに、すべての人心を集めるその姿は、まるで人々に崇め奉られる人ならざる存在の化身のようだった。

「まったく、おそろしいねあの子は」

いつの間にか隣に並んでいたフレンがアルラウネを見てつぶやく。

フレンの手には傘が握られていて、アルダンテが入るように身を寄せてきた。

馴れ馴れしいフレンに眉をひそめるアルダンテだったが、傘に入れてもらえた手前なにも言えず、半目になって恨みがましい視線だけを向ける。

そんなアルダンテの痛い視線を気にも留めず、フレンはアルラウネを見ながら言葉を続けた。

「私利私欲のために権力を利用して重税を課し、民を苦しめていた張本人――兄上クザンから一番恩恵を受ける身でありながら、まるで自分が助けているかのように語る二枚舌。民の税が

軽くなったのだって、俺と君が財務大臣を更迭させたおかげなのにね。見た目に反してとんでもない悪女だな、あの子は。君とはまるで正反対だ」

（最後の発言はともかくとして、私も同意見ね。実家でもあの子がクザンに贔屓にされている話は散々聞かされたもの。平民を見下すようなことも平気で言っていたし、感謝の気持ちを持っていたとは到底思えないわ）

「外面は真っ白だけど中身は真っ黒なのは相変わらずのようね」

うんざりしたようにつぶやくアルダンテに、フレンは小声で囁く。

「……どうする？　彼女になにか仕掛けるかい？」

アルラウネは現状、クザンが最も心を許している人物である。

ということはアルダンテ達がまだ知らないような、クザンの弱みを握っている可能性が最も高い。

マーガレットの時のように、アルラウネがなにかボロを出すように仕掛けて、不正の証拠を掴みに行くべきか否か。

それをフレンはアルダンテに問うていた。しかし――。

「やめておきましょう。たとえこの場でアルラウネの性根がいかに終わっているかを告発したところで、あの崇拝のされようでは誰も信じてはくれそうにありませんし」

ただでもアルダンテは髪色や見た目で、初対面の相手に悪い印象を与えやすい。

そのため、信用度の勝負では外面がいいアルラウネには絶対に勝てないだろうと踏んでいた。

「そうだね。それが懸命だ。相手が有利な土壌で仕掛けるのは、余程の隙を見せた時だけにした方がいい。いつか真実がつまびらかになった時、きっと民も分かってくれるよ。苦しい時に自分達を助けてくれた本当の女神様は誰だったのかってさ」

「私は善人でもなければ人々の救世主になるつもりもありません。今回のことだって結果的にそうなっただけのことですわ」

実際のところ、アルダンテは自分が善良な人間だとは思っていない。

人並みに国を憂う気持ちや、苦しんでいる人々に同情する気持ちを持ってはいたが、他人のために自分を犠牲にするような自己犠牲の精神は持ち合わせていなかった。

それ故に、本意ではなかったのにも関わらず誰かを救ったとしても、それを自分の手柄のように振る舞うことに抵抗があったのである。

「なんとも君らしい答えだね」

フレンは「あ」と声を漏らすと、いいことを思いついたとばかりに笑顔で人さし指を立てる。

「土壌の話をしたけれど、今日は雨で足元がぬかるんでいるだろう？　こんな日に派手に踊ろうものなら、どんな芸達者でも間違いなく足を取られて転んでしまう。そんな時は物騒なことはやめて、おとなしくデートでもしていた方が賢明さ。そう思わないかい？」

得意気なフレンにアルダンテは呆れてため息をついた。

(舗装された道の上でなにを言ってるのかしらこの人は。ただデートがしたいだけでしょうに)

「もういいです。早く質屋に向かいましょう」

「冷めてるねえ。まあ、そういうとこも好きなんだけどさ」

誰にでも言っているくせに。

そう思いながら、アルダンテが裏通りに戻ろうとしたその時。

「きゃあああ⁉」

「うわあああ⁉」

アルダンテの背後の方から人々の悲鳴が響いてきた。

直後、キィィィと車輪が急停止したかのような音がして、アルダンテの横を馬車が通り過ぎる。

「っ⁉」

避ける間もなくバシャリと泥水が跳ね、アルダンテとフレンに降り注いだ。

そのまま馬車はふたりの少し先の方で、人々の列を散らしながら急停止する。

「……危なかったね。水を被っただけなのは不幸中の幸いかな?」

フレンが苦笑しながら、ハンカチで顔をぬぐった。

幸い、馬車は人をひとりも跳ねなかったようで、人々は混乱しつつも何事かと馬車の周囲に集まっていく。

「しかしこんな居住区のど真ん中で急停止しないといけないほどの速度で馬車を走らせるなんて、悪ふざけにしても少し度がすぎている。見過ごすことはできないな」

フレンが目を細めて馬車を睨んだ。

泥水を被ったアルダンテは、服の袖で顔をぬぐいながら無表情で口を開く。

「人を轢《ひ》くことをなんとも思っていないとしか思えないわ。一体どんな馬鹿が乗っているのよ」

直後、怒りに震えるその声に答えるように、バタンと勢いよく馬車の扉が開いた。

そこから出てきたのは――。

「……納得だわ。あの女なら、民を轢いても虫を潰したぐらいにしか思わないでしょう」

馬車から出てきたのは青いドレスを着た青髪の女――青薔薇姫、ネモフィラ・アングストだった。

彼女は眉根を寄せた不機嫌そうな表情で周囲にいる平民達を見ると、見るからに高慢そうな所作で髪をかきあげる。

「――平民の分際で高貴なる私の行く道を邪魔するだなんて、貴方達一体どういうおつもり？」

あまりに傲慢なその物言いに、馬車の近くにいた平民達は口を開けて唖然とした。

しかしすぐに怒りの形相になると、口々に叫びだす。

「お、俺達は邪魔なんてしていない！　馬車の邪魔にならないように道の端に並んでいた！」

「そうだ！　お前の馬車がわざと端の方に寄せて走って来たんじゃないか！」

「ここは俺達平民が暮らす居住区の道だ！　貴族のものなんかじゃないぞ！」

騒ぎ立てる平民達を前にネモフィラは両耳を手のひらでふさいだ。

その直後、ネモフィラは大きく口を開けて叫ぶ。

「あー！　あー！」

抗議の声をかき消すようなその声に、平民達は思わず眉をひそめた。

ネモフィラは彼らが口を閉ざし、辺りが静かになったのを確認するとおもむろに耳から手を下ろす。

「終わった？　ああうるさかった。貴方達平民って本当に騒ぎ立てることしか脳がないのね。汚い身なりをしているし、まるで豚小屋の豚のようだわ」

突然の暴言に耳を疑う平民達に、ネモフィラはうんざりとした顔で口を開いた。

「自覚なさい。貴方達平民は私達高貴な血を引く貴族の養分でしかないことを。その癖に自我を出して、ここは自分達の暮らす居住区ですって？　笑わせないでくださる？」

ネモフィラは平民達を見渡したため息をつくと「いい？」と一呼吸おいてから、子供に言い聞かせるようにゆっくりと丁寧に話を続ける。

「貴方達の持つすべての財産は私達貴族のもの。貴方達が暮らしているこの王都も、国も、私達貴族がいるから成り立っているのよ？　そこに住まわせてもらっている分際で二度と私と対等な口を聞かないでちょうだい。粗野で品性のかけらもない貴方達の声を聞いていると耳が腐るのよ。いいわね？」

一方的にまくしたてたネモフィラは、満足したのか馬車の中に戻ろうとした。

しかしその途中でなにを思ったのか振り返ると、平民達に向かって告げた。

「これを機にしっかり学びなさい。貴方達は国に、貴族に生かされているだけの持たざる者だということをね。そして私達貴族には二度と逆らわないようにしなさい。次は容赦なく轢くわよ。では皆さま、ごきげんよう」

バタン、と馬車の扉が閉まった。

それと同時に平民達の顔が怒りに染まり、一斉に怒声をあげる。

「ふざけるな！　なにが貴族の養分だ！」

「誰が税を納めているおかげで贅沢な暮らしができると思っていやがる！」

「あの女を引きずりだせ！」

平民達が馬車に殺到する。

それを見たフレンが眉をひそめてつぶやいた。

「まずいな。あの子、いくらなんでも彼らを煽《あお》りすぎだ。殺されるぞ」

その様をじっと無言で見ていたアルダンテは、居ても立っても居られず馬車の方に足を踏み出そうとして――

「――静まれ！　お前達！」

ピピーッ！　という鋭い警笛と共に男の声が通りに響き渡る。

声の方を向くと、大通りの奥に数十人の帯剣した警備隊の姿が見えた。

彼らは馬車の方に向かって全速力で走ってくる。

「これは何事だ！」

制服を着た警備兵の隊長が息を切らしながら叫んだ。

それに対して、平民達は口々に怒りの声をあげる。

「貴族の馬車が突然俺達に向かって突っ込んできたんだ！」

「それなのに謝りもしないで、あろうことか俺達を馬鹿にしてきやがったんだぜ!?」

「許せないわ！　罰を受けさせるべきよ！」

「そうだそうだ！」

あまりの平民達の声の多さに状況が掴めない警備兵達が困惑した。

警備兵の隊長は埒が明かないと思ったのか、馬車の扉に歩み寄る。

「申し訳ございませんが扉を開けて事情を聞かせていただけませんか？」

隊長の呼びかけに、バタンと勢いよく扉が開く。

馬車を降りたネモフィラは見るからに不機嫌な様子で言った。

「事情？　そんなもの見れば分かるでしょう。貴族を妬む愚かな平民達の暴動です。さっさと排除してくれないかしら？」

「そうは言われましてもね。彼らにも言い分があるようで――」

「貴方、私が誰だか知らないようね。宰相の娘のネモフィラ・アングストよ」

その言葉に隊長は、ハッと表情を硬くする。

「たかが王都の警備隊長の進退なんて私がお父様に言えばどうとでもなるの。お分かり？」

高圧的なネモフィラの言葉に隊長は黙り込むと、平民達の方を振り返った。

そして感情を殺した無表情を顔に貼りつけて、声を張りあげる。

「ここに集まっている者達は直ちに解散しろ！　今すぐにだ！」

耳を疑った平民達が目を見開く。

直後、彼らは警備隊長に殺到して抗議の声をあげた。

「ふ、ふざけるな！　俺達の話を聞いていたのか⁉」

「悪いのはどう見てもその女でしょう⁉」

「貴族の味方をするなんてそれでも警備兵か！」

警備隊長は平民達から顔を背けると、部下である警備兵達に告げる。

「拘束せよ。暴れる者は多少痛めつけても構わん」

「はっ！」

警備兵達が動き出し、平民達の鎮圧にかかった。

対する平民も拳を振り上げて応戦する。

「やれるもんならやってみやがれ！」

悲鳴と怒号が巻き起こり、大通りは混乱の極致となった。

「離れよう。このままだと巻き込まれる」

フレンがアルダンテの手を引こうとする。

しかしアルダンテはその手を払い、目を細めてじっと馬車の扉の前で腕を組んでいるネモフィラのことを見ていた。

フレンは眉をひそめて、どうしたのとアルダンテに声を掛けようとする。その直後――。

「ひいっ⁉」

ひとりの中年ほどの年頃の女が、取っ組み合いをしている警備兵と男の争いに巻き込まれて、ネモフィラの近くに転がって行った。

女はネモフィラの足元にあった水たまりに倒れこみ、全身を汚れた水で濡らす。

「……汚い水が跳ねたじゃない」

ネモフィラはうずくまっている女を見下ろし、汚い物でも見るかのような蔑みの視線を向けた。

そして彼女は女が浸かっている水たまりを蹴り上げて、さらに女に泥水を掛けようとする。

そんな中――。

「――やめなさい！」

少女の声が響いたかと思うと、女とネモフィラの間にアルラウネが割って入った。

アルラウネがいることを知らなかったネモフィラは、一瞬驚きの表情を見せたが、すぐに唇を歪めて悪意のある笑みを浮かべる。

「あらあら。誰かと思えば白薔薇のお姫様じゃない。どうしたの、平民なんか庇《かば》って。もしかして貴女もその女と一緒に泥を被りたいのかしら？」

見下したようにそう告げるネモフィラを無視して、アルラウネはうずくまっている女の顔についた汚れをハンカチでぬぐった。

「大丈夫ですか？」

「あ、あたしは平気だよ……それよりも白薔薇のお姫様、あたしなんかを拭いたらその綺麗なハンカチが汚れちまうよ」

「気にしないでください。いつも一生懸命私達を支えてくださる国民の皆さまを助けるのは、貴族として当然の義務ですので」

微笑むアルラウネを見て、女は涙を流しながら「ありがとう、ありがとうねえ」と何度も頭を下げた。

それを見た周囲の平民達は、アルラウネの献身に心打たれたのか口々につぶやく。

「お優しい……やはりアルラウネ様は民を憂う真の貴族だ」

「あんな方が王妃になってくれたら、なにも期待できなかったこの国の未来も明るいに違いない」

先ほどまでは貴族に対する憎悪に顔を歪めていた彼らが、まるで憑《つ》き物が落ちたかのように感謝の涙を流していた。

なにも知らない人間が見れば感動的とも思えるその光景に、アルダンテは鳥肌が止まらなかった。

（……気持ち悪い。反吐《へど》が出るわ）

ここにいる誰も気づいていない。

白薔薇などと謳《うた》っているアルラウネの、醜く暗い、彼女が浴びた汚れた水よりも、もっと汚い本性を。

（私は騙されないわ。だって知っているもの。聖女のように振る舞っている貴女が、内心では自分以外のすべての人間を見下していることを。その証拠に、ほら）

慈愛の笑顔を浮かべながらも、アルラウネは汚れた女の身体には絶対に触れようとしなかった。

女がハンカチを返そうと伸ばした手も、さりげなく距離を取ってかわして「差し上げます」と断っている。

（アルラウネは実家にいた頃からいつも平民を汚らしい卑しい存在だと見下していた。そんな平民の身体やその手で汚れたハンカチを、あの女が触るはずがない。あれがあの女の本性よ）

アルダンテの足は、無意識の内に動いていた。

警備兵と平民達の間をすり抜けて、馬車の傍にいるネモフィラとアルラウネの方へと。

「偽善者が！　見え見えの三門芝居は止めなさい！」

ネモフィラが怒りの表情で叫び、足元の水を蹴り上げた。

「きゃっ⁉」

悲鳴をあげながらアルラウネが身を引いて水のしぶきを避ける。

偶然を装いながらも、移動したその先は先ほどネモフィラに泥を掛けられた平民の女の背後だった。

（なんて卑劣な。あの人を盾にする気ね）

呆れながらアルダンテが見ていると、平民の女はむしろ自らアルラウネを守るように、ネモフィラの前で両手を広げて立ちふさがる。

「アルラウネ様はあたしが汚させないよ！」

先ほどまでやられるだけだった平民の女が、アルラウネを守るために勇気を振り絞りネモフィラに立ち向かっている。

その姿を見て触発された平民達は先ほどよりも鬼気迫る勢いで行く手を遮る警備兵達に食ってかかった。

「あれを見てもなんとも思わないのかよ⁉」

「貴族の犬め！　どけ！」

「みんな、白薔薇様を助けるのよ！」

「こ、こいつら……！　いい加減にしろお前達！　これ以上抵抗すればただの怪我ではすまんぞ！」

本気で殴りかかってくる平民達を前に、さすがの警備兵達も浮足立つ。

そんな警備兵達の慌てた姿を見て、ネモフィラは苛立ちを露にした。

「たかだか平民相手になにをやっているのよまったく、イライラするわね……！」

「あっ！」

業を煮やしたネモフィラが目の前に立ちふさがっていた平民の女を邪魔だと言わんばかりに横に押しのける。

態勢を崩した女がよろけて倒れこむ中、ネモフィラとアルラウネは互いに怒りの表情で視線を交わしあった。

「前々からいけ好かなかったのよね。この私を差し置いて、たかだか伯爵家の女ごときがクザン様に気に入られているだなんて」

「そう思うなら貴女もクザン様に好かれるようにすればいいじゃないですか。民をいじめて好き勝手に振る舞って。貴女みたいな人は好かれなくて当然です！」

「お黙り！　この私に説教をするだなんて身のほどを知りなさい、この小娘が！」

ネモフィラが憎悪に歪む顔でアルラウネに平手を振り上げる。

叩かれることを覚悟したアルラウネは、目を瞑って痛みに耐えようとした。

しかし、次の瞬間――。

「――ぎゃあ!?」

横から突き飛ばされたネモフィラが、悲鳴をあげながら地面を転がった。

そのまま大きな水たまりの上に倒れたネモフィラは、汚れた水を被ったせいで青いドレスが黒く染まる。

「わ、私のドレスをよくも……！」

ネモフィラが汚れた自分のドレスを見下ろして震えた声を漏らした。

彼女は勢いよく顔を上げると、青い髪を振り乱しながら怒りの表情で叫ぶ。

「不敬な！　この私に手を出したらどうなるか、分かっているのでしょうね――アルダンテ！」

ネモフィラが立っていた場所には、突き飛ばした張本人であるアルダンテが立っていた。

降りしきる雨に濡れながら、アルダンテはネモフィラを見下ろす。

突然現れた乱入者の存在に、なにが起こったのか分からない警備兵と平民達は殴り合うのを止めて困惑していた。そんな中――。

「――なさい」

無表情のアルダンテがボソリとつぶやいた。

雨の音にかき消されて聞こえなかったネモフィラは眉をひそめる。

「なに……？」

「──まりなさい」

「なにを言っているか分からないって言ってるのよ！　はっきりしゃべりなさいよ！」

「謝りなさい」

平坦な声でそう告げるアルダンテに、ネモフィラは拍子抜けして「は？」と声を漏らした。

「謝りなさい？　誰に？　平民？　それともアルラウネに？　ハッ！　冗談言わないでよ！　どうして私がこんな身分の低いクズ共に対して謝罪をしないといけないのよ。私は宰相の娘で、公爵家の娘なのよ？　そこらの有象無象とは人間としての格が違──」

「違うわ」

ネモフィラの言葉を遮るように、アルダンテがはっきりと言葉を口にする。

得体の知れない威圧感にネモフィラが口をつぐむ。

そんなネモフィラを見下ろしながら、アルダンテはすぅ、と息を大きく吸い込んで叫んだ。

「──馬車で泥水を掛けた私に謝れって言ってるのよ、この勘違い女！」

アルダンテの叫び声が大通りに響き渡った。

その場の全員が口をあんぐりと開けて呆然とする。

周囲が静まり返る中、ネモフィラは顔を引きつらせながら言った。

「な、なにを言い出すかと思えば、自分に謝罪をしろですって？　他の平民達や自分の妹はどうだっていいっていうの？」

「貴女、人を見下した発言ばかりしている割にはとっても頭が悪いのね？」

「なっ⁉　誰に向かって――」

パン！とアルダンテが扇子を大きく広げる。

そして扇子の先端部をネモフィラの口元に突きつけると、冷徹な目をして言った。

「他人のことなんて知ったことではないわ。それよりも私への謝罪が先よ。だって最初に被害を受けたのはこの私なのだから」

口端を吊り上げ、悪女の笑みを浮かべてアルダンテは告げる。

「さあ、地に頭をつけて、泥にまみれながら謝罪なさい。そうすれば今日のことは文字通り〝水に流して〟差し上げるわ」

人々の声がすっかり静まり返り、雨音だけが地面を打つ中。

ネモフィラはフンと鼻を鳴らすと、余裕の表情を取り繕って言った。

「お断りよ。なんで国王陛下の次に爵位の高い私が、貴女のような下賤《げせん》な人間に頭を下げないといけないのかしら？　爵位すら失ったただの〝いばら姫〟が調子に乗るんじゃゃ――んぐっ⁉」

ネモフィラの口元に突きつけていた扇子の先端を頬にぐりぐりと押しつける。

不快な表情も露に、扇子を払いのけようとするネモフィラにアルダンテは言った。

「よくわかっているじゃない。そう、今の私はなんの爵位も持たないただの〝いばら姫〟。他の貴族の令嬢みたいに貴女に媚びる必要も、理不尽な仕打ちを我慢する必要もない自由の身ってわけ」

「痛っ⁉」

払いのけようとするネモフィラの手の甲を扇子で打ち据える。

痛みに顔を歪める彼女を見下ろしながら、アルダンテは呆れた声で言った。

「そんな私に対して泥水を掛けておきながら、謝りもせずに暴言を吐いたらどうなるか。頭の悪い貴女でもそろそろ理解できると思うのだけれど？」

「ぶったわね⁉　ちょっと、役立たずで無能の警備兵！　なにをしているのよ！　さっさとこの女を捕まえなさい！」

ネモフィラがアルダンテを指さして叫ぶ。

しかし先ほどまでは渋々命令に従っていた警備兵達も、ネモフィラのあまりの言い草についに嫌気が差したのだろう。

険しい顔をして助けに行くのを躊躇しているようだった。

それを見たネモフィラは自分の不利を悟ったのか、目を泳がせて焦りの表情を浮かべつつ、虚勢を張るようにアルダンテを睨みつけてくる。

「わ、私に傷のひとつでもつけてみなさい！　お父様に言いつけてやるわ！　私がお父様に言えば、どんな役職の人間も意のままに操れるんだから！　今までだってそうやって私の気分次第で邪魔な奴は誰でも排除してきたのよ！」

（この期に及んでもまだ傷ひとつ程度で済むと思っているなんて、随分とおめでたい頭をしているわね）

呆れるアルダンテの様子を見て、怖気づいたとでも思ったのだろう。

ネモフィラは口元に笑みを浮かべながら叫んだ。

「たとえそこにいる無能な警備兵達が言うことを聞かなくたって、他に貴女を陥れる方法なんていくらでもあるわ！　地方の領主も！　関所の役人も！　外交官だって、この国の要職についている人間は全部私の言いなりで――」

カツン！　と。

言葉を遮るように、アルダンテが倒れているネモフィラのスカートの裾を靴の踵で勢いよく踏みしめる。

「ひっ⁉」

足を踏まれるとでも思ったのか、ネモフィラが悲鳴をあげた。

アルダンテは靴でぐりぐりとネモフィラのスカートを踏みにじりながら口を開く。

「それで？　今名を挙げた誰が、この状況から貴女を助けてくれるというの？」

「そ、それは――」

ネモフィラが周囲を見渡し、自分に向けられる冷たい視線を見て口を閉ざした。

彼女の顔色は真っ青で、頬には冷や汗が伝っている。

「ようやく理解した？　今ここには貴女のご機嫌を取ってくれる人も守ってくれる人も誰もいないの。それどころかほら、ご覧なさい」

「うぐっ⁉」

アルダンテはしゃがみ込み、ネモフィラと視線を合わせた。

そのまま彼女の顔を掴むと、無理やり民衆の方に向かせる。

民衆は皆一様に、怒りと期待が入り交じった表情でアルダンテ達の姿を静観していた。

「皆、貴女を酷い目に遭わせたくて仕方ないって顔してるでしょう？　もしこのまま誰にも謝りもせずにいたら、怒りが収まらない彼らは――」

クスッと微笑みながらアルダンテはネモフィラの耳元で囁く。

「――貴女のこと、殺してしまうかもしれないわね？」

「……っ！」

ビクッとネモフィラの身体が震えた。

その顔は恐怖に引きつり、目には涙が浮かんでいる。

「当然、先程貴女に無能と馬鹿にされた警備兵達もそれを見て見ぬフリをするでしょう。今正にそうしているようにね」

（そこまで事が進めばさすがに警備兵達も止めに入るでしょうけど、この女にそこまで教えてあげる義理はないわ）

アルダンテは立ち上がると、扇子をパン、と広げて自分を仰ぐ。

そして目を細めてネモフィラを見下すと、冷たい声で言った。

「土、下、座。できるわよね？」

「うっ……」

涙目のネモフィラが悔しさのあまり血がにじむほどに唇を噛む。

みるみる顔を真っ赤にした彼女は、四つん這《ば》いになって地面に両手をつく。

そしてついに――泥水で汚れた地面に擦り付けるように頭《こうべ》を垂れた。

「ご、ごめんなざいぃ……！」

土下座するネモフィラの前でアルダンテは口端を吊り上げて悪意に満ちた笑顔を浮かべる。

「ご覧なさい、惨めな自分の姿を。こんなところを平民達に見られたら、私だったらもう恥ずかしくて生きていけないわ。貴族の間でも噂になるでしょうね。平民の前で泥まみれになって、泣きながら土下座した公爵家の令嬢がいたって。おめでとう、これで貴女の名前は一生社交界の笑い者よ。青薔薇姫様？」

「うう、うううう！　うあああっ！　ああああああ！」

ネモフィラが絶叫して拳を何度も地面に叩きつける。

アルダンテはそんな彼女をフッと鼻で笑うと、背を向けて歩いて行った。

警備兵も平民達も、あまりに容赦のないアルダンテの言動を見て、ただただ言葉を失っている。

彼らは堂々と歩き去ろうとするアルダンテに恐れおののくように、後ずさりして道を空けた。

「恐ろしい方だ……あの高慢ちきな貴族の女を土下座させてしまうなんて」

「あまりの迫力に兵士達ですら一歩も動けなかったもんな」

「でも少しスカッとしたわ」

「ああ。結果的に白薔薇様も助かったしな」

「一体どこの貴族の娘さんなんだろう。髪の色からして隣の国の方なのか？」

口々に囁く平民達を無視してアルダンテが歩いて行くと、人だかりを抜けたところでフレンが立っている。

彼は微笑むと、アルダンテにハンカチを差し出して言った。

「お疲れ様。今日もいい悪女っぷりだったよ。ネモフィラの言動から宰相が今までどのように不正を働きかけていたのかもバッチリ確認できた。これでまたクザン側の新たな弱みを握れそうだ」

差し出されたハンカチを受け取りながら、アルダンテは澄ました顔で言った。

「淑女の笑みは三度まで、よ」

「……え？」

首を傾げて聞き返すフレンにアルダンテは目を閉じて、顔についていた汚れをハンカチで拭う。

「以前に同席したお茶会の時と合わせて、あの方は私のことを計三度も〝いばら姫〟と呼んだわ。二度までは笑って許した。でも――」

アルダンテがゆっくりと目を開いた。そして――。

「私はね、その名で私のことを呼んだ人間は誰であろうと、容赦なく叩き潰すことにしているの」

ニヤリと。人の悪い笑みを浮かべて言った。

「たとえそれが、王子様であろうとね。貴方も精々気をつけてくださいな、フレン様？」

「……肝に銘じておくよ。一番目の王子様みたいに、君の倍返しの標的にされないようにね」

「あの方は倍返しなんかじゃ済みません。人の人生を弄んだ罪は地獄に落ちて支払ってもらいますから」

「まったく怖い人だよ、君は」

大通りをまっすぐ進み、やがて背後の群衆も見えなくなった頃。

ふと、アルダンテは途中から姿が見えなくなった妹のことを思い出した。

「……そういえば、私がネモフィラ様を詰めている時、アルラウネはどうしていましたか？」

「俺も少し気になっていたんだけど、いつの間にかいなくなっていたんだよね。どこに行ったんだろう。せっかくやっていた配給も途中で放り出してさ」

（配給なんて結局、重税を課したせいで高まっている国民の反感を和らげるためにやっただけでしょう。最初からあの子に善意なんて存在しないんだから、それよりも大事なことがあれば放り出すに決まっているわ）

そこまで考えてアルダンテはハッと、あることに思い至った。それは——。

「あの場を放り投げても問題ないくらいの、もっと重要ななにかがどこかであったということ……？」

立ち止まって背後を振り返る。

馬車が止まっていた大通りよりも、もっと先。

王宮の上空には、何層にも重なった雨雲がこの先の出来事を暗示するかのように、雷を纏いながら立ち込めていた。

「アルラウネ。たとえ貴女が国民に女神と崇められようとも……いえ、なにかの間違いで本当に善人になっていたとしても」

アルダンテは想像してクス、と笑みを浮かべる。

アルラウネが自分の前にひざまずき、許しを請う姿を。そして——。

「そんなことはどうだっていい。今まで私が受けてきた屈辱を、必ず貴女にも味わってもらうわ。徹底的に、容赦なく。たとえ泣いて謝っても許してなんてあげないから」

そんな彼女を嘲笑いながら踏みにじる、自分の姿を。

第五章　和解なんて、絶対にありえません

季節は流れ、アルダンテが薔薇庭園に来てから半年が過ぎようとしていた。

相も変わらず、いばら邸にクザンの訪問はほとんどなかったが、一度だけ。

青薔薇姫ネモフィラを土下座させた翌日に手紙が届いた。

内容は『褒美を取らす。好きなものでも買うがよい』である。

手紙には大きな紫色の宝石が同封されており、それには王家の刻印が入っていた。

「まさかあのクザンが私に一等級の宝石を贈ってくるなんてね」

いばら邸の居間でソファに腰掛けていたアルダンテは、指でつまんだ宝石を陽の光に透かす。

床に浮かんだ影にはしっかりと王家の刻印が映し出されていた。

（ネモフィラからアルラウネを救ったお礼、ということなんでしょうけど）

アルダンテとしてはただ一刻も早くネモフィラに謝罪させたかっただけで、アルラウネを救うつもりなどまったくなかった。

よってそのことでクザンに感謝されるいわれもないし、今更変に馴れ合われても気持ち悪いだけである。

「まあ、そのおかげで不正の証拠がまたひとつ手に入ったと思えば、悪いことでもないわよね」

王家の宝飾品である一等級の宝石は、国王陛下以外は王族ひとりにつきひとつしか持つことを許されていない。

そのため自分が気に入った女に片っ端から宝石をあげたり、売り払って金にしているらしいクザンは、もし国王の耳に入ればそれだけで罰せられるほどの罪を犯していることになる。

（国王陛下がご健在だったなら、今頃廃嫡されているのではないかしら。あの馬鹿王子）

王宮内でまことしやかに流れている噂では、国王の容態は以前にも増して日に日に悪化しているらしい。

なんでも最早意識がある時の方が少なく、起き上がることすらままならないとのことだった。

「……あまりのんびりしている時間はなさそうね」

国王が崩御すればすぐにでもクザンは戴冠し、王位を継ぐ。

そうなれば、王位を脅かす可能性がある第二王子のフレンはなにかしらの理由をつけて処刑されてしまうだろう。

協力者のアルダンテとしては、報酬をもらう前にフレンが殺されてしまっては元も子もないので、それだけは避けたいところだった。

（なんとかクザンが戴冠する前に、アルラウネから決定的な不正の証拠を引き出して、衆目に晒さないといけない——のだけれど）

アルダンテはもう何か月も前から薔薇庭園でアルラウネの姿を見ていなかった。

セランに聞いてもなにをしているのか、どこに行っているのかも不明で、それがまたアルダンテにとってはなんとも不気味に見える。

「ここでじっとしていても埒が明かないわ」

アルダンテは立ち上がると、外に出るために支度を始めた。

(外に出れば薔薇姫の誰かと会えるかもしれない。見つけたら圧をかけて情報を吐かせましょう)

外出用のワンピースに着替えたアルダンテは、玄関から外に出る。

するとし丁度情報収集から帰ってきたらしいメイド服姿のセランと遭遇した。

「あれ、お出かけですか?」

「ええ。庭園の中を少し回ってみようと思って」

「だったら私もお供させてくださいな。丁度暇になったところですし」

「いいわよ。一緒に行きましょうか」

ふたりで横並びになりながら、いばら邸を出る。

アルダンテは庭園の中央を走る道まで歩いて行き、分かれ道の前で立ち止まった。

「まずは黄薔薇邸に行こうと思うの」

「距離は近いですけど、なにしに行かれるのですか? もしかして殴りこみ?」

(フレン様はこの子にいつもどんな教育をしているわけ?)

首を傾げているセランにアルダンテは呆れながら言った。

「話を聞きに行くだけよ。私、物理的な暴力は苦手なの」

「そうだったんですね。意外です。いつもあんな重そうな扇子を軽々と扱っているから、てっきり私はそっちも行けるのかと思ってました」

他愛のない話をしながらしばらく歩くと、黄薔薇邸の前にたどり着いた。しかし――。

「人の気配がないわね」

アルダンテは首を傾げた。

黄薔薇邸の周囲には明かりひとつついておらず、中にも人の気配がまったく感じられない。

「一月くらい前に一度この周辺でそれらしき女は見かけたのだけれど」

久しぶりにアルダンテが見たマーガレットは、以前とは比べ物にならないほどに地味なドレスを着ていた。

これでもかとギラギラに身につけていた装飾品も首飾りひとつだけになっていて、表情もまるで別人のように暗かった。

「随分と大人しくなっていたのよね。見た目も言動も」

「それはそうですよ。なにせ財務大臣だったお父様に課せられた賠償金が原因で、今や大富豪だったソーン家は一転して借金まみれって噂ですからね。落ち込みもするってものです。」

マーガレットの父親である財務大臣は、国庫の横領や、王家の宝飾品の横流し、また勝手に税金を引き上げて懐に入れたりと、とにかく金に関するあらゆる罪を犯していて、それらはすべてクザンの資金源にもなっていた。

フレンによっていくつかの罪を裁かれた今は、職もクビになり、利用価値がなくなったため、クザンとは完全に縁が切れたとアルダンテは聞いている。

金銭面での融通を利かせる代わりに、次期王妃となるクザンの婚約者候補、黄薔薇姫として薔薇庭園に住んでいたマーガレットも、家の没落と共に相手にされなくなっていったのは当然の結果だった。

(むしろ今まで薔薇庭園を追い出されなかったのが不思議なくらいだったものね)

追い出されたのか、それとも自ら出て行ったのか。

どちらにしろ、もう誰も訪れないここに来る意味はないだろうとアルダンテは結論づけた。

「これ以上ここにいても時間の無駄ね。行きましょう」

「はーい。あ、そうそう」

セランが嬉しそうにパチパチと拍手をする。

「財務大臣が解雇されて税金が見直された影響で、最近は明日の食事にありつけないような国民はほとんどいなくなったそうですよ。貴族と癒着をせずに重い税を掛けられていた商人達も、大手を振って商売ができると喜んでいるそうです。お手柄ですね」

「そう。それはよかったわね」

「素っ気ないですねえ。アルダンテ様の働きのおかげで人々がたくさん救われたっていうのに」

「救ったのはすべてフレン様だもの。私はただやられたことをやり返しているだけよ」

そう言って踵を返したアルダンテは、次に青薔薇邸の方に足を向けた。

「次は青薔薇邸ですか。飽きないですね、アルダンテ様も」

「今月はまだ一度も行ってないわ。お茶会がなかったからね」

土下座の一件から一か月ほど経った後。

薔薇庭園の道を歩いていたアルダンテは偶然ネモフィラと遭遇した。

ネモフィラはいつぞやの復讐だとばかりに食ってかかってきたが、またもやアルダンテに容赦なく詰められて泣かされている。

それ以来、会う度にふたりは口喧嘩をしていて、それでは物足りないとばかりにネモフィラは月に一回ほど、お茶会を開いてはアルダンテを招待していた。

もちろん、お互いに仲良くする気などはなく、お茶会とは名ばかりの見下し合いであり、ただの喧嘩である。

「よくもまあ、あんな差別意識の塊の方と交流を持とうと思いますね」

「何度か話してみて分かったのだけれど、あの人、根は面倒見のいい真面目な人なのよね。ただ親の誤った教育のせいで、あんな性根の腐り切ったクズになってしまっただけで。ね、哀れでしょう？　人間ああなったらおしまいね」

そんな話をしている内に、ふたりは青薔薇邸の前にたどり着いた。

しかし、ここでも――。

「……ここ、青薔薇邸があった場所よね？」

「そのはずですよ」

青薔薇邸があったその場所は見事に更地となっていた。

「前にお茶会で来たのが大体三週間前だから、その間に撤去したってことかしら。随分と急ね」

「建物ごと消すなんてもったいないことしますよね。クザン様の指示でしょうか。それとも宰相様の指示でしょうか」

「さあ。あのふたり、大分険悪な仲みたいだし、どっちがやってもおかしくはないと思うけれど」

順調に見えたアルダンテとフレンの計画だったが、実は宰相の罪を告発することに関しては失敗に終わっている。

国王に次ぐ国の最高権力者である宰相は、クザンに取り入るために、彼が起こした法に触れるようなあらゆる罪を揉み消し、また強引に人事や行事に介入してクザンが気持ちよく日々を過ごせるように便宜を図っていた。

ネモフィラの口から宰相の不正疑惑の言質を取ったフレンは、財務大臣の時のように証拠や証人を集めにかかった。

しかし、宰相は証拠となるようなものはあらかじめ完璧に握り潰していて、証人には金を掴ませたり、権力をチラつかせて硬く口止めをしていたため、告発に至ることができなかったのである。

これにはフレンもどうしたものかと頭を抱えたが、罪こそ裁けなかったものの、目的だったクザンと宰相の分断は無事うまく行った。

なぜそうなったのかと言えば――。

「クザン様、お気に入りの白薔薇姫様をネモフィラ様がいじめたと知って、とんでもなく怒っていたらしいですね」

土下座の一件で、あの場にいた民衆から王宮に苦情が入り、ネモフィラがアルラウネを害そうとしていたことがクザンの耳に入ったのだ。

それ以来、クザンは青薔薇邸に一度も足を運ばず、ネモフィラの父親であった宰相との仲も悪くなり、次第に疎遠になっていったという。

そのため、クザンと宰相のどちらが「もう青薔薇邸など必要ない！」と言って、更地にしたのかはまったく見当がつかなかった。

「次会った時はもう二度と口答えできないように、徹底的に言葉で打ち負かしてあげようと思っていたのに」

「残念でしたね。私はいつかふたりが本気で殺し合いを始めるのではないかと気が気ではなかったので、これはこれでよかったなって思ってます」

青薔薇邸が立っていたであろう場所をしばらく眺めていたアルダンテは、気持ちに整理がついたのか再び歩き始める。

その背後でセランが「それとこれは独り言なのですが」とつぶやいた。

「クザン様と宰相様が不仲になった途端、最近頻発していた各所での不当な人事の移動や解雇がほとんどなくなったそうですよ。これには被害にあっていた貴族だけでなく、本意ではなく民衆を弾圧させられていた兵士達もとても感謝しているそうです。ふたりの仲を裂いてくれた誰かさんに」

「そう。今まで余程愚かな人事が行われていたのね。あるべき形に戻ってよかったじゃない」

「他人事なんですから、もう」

早足で隣に並んだセランが、頬を膨らませてジト目でアルダンテを見た。

それでも素知らぬ顔で前を行くアルダンテに、セランは「分かりましたよ、もう言いません」と諦めたようにつぶやく。

それからセランは気を取り直したかのように言った。

「白薔薇邸にも行かれますか?」

「いえ、いいわ。どうせ今日もあの子はいないでしょうし……それはそうとセラン」

立ち止まり問いかけると、セランが首を傾げる。

「はい、なんでしょう」

「貴方、黄薔薇邸と青薔薇邸がこうなっていることを知っていたわね？」

目を丸くして驚いた後、セランはこくりと頷いた。

「まあ、一応薔薇庭園の情報収集がお仕事なので」

「ふぅん、そう。知っていて私になにも言わなかったの。へえ、そう？」

ジト目で腕を組むアルダンテに、セランは苦笑する。

「そんな顔をしないでください。別に隠すつもりはなかったんです。アルダンテ様の性格的に、話しても結局ご自分の目で確かめると言うと思ったので」

「よく分かっているじゃない、私のこと。まあいいわ。貴方のことは信用しているから。不問に付してあげます」

「あはは。ありがとうございます」

そのまましばらく庭園内を歩き回ったアルダンテは、頃合いを見計らっていばら邸に帰った。

時間的には夕方前だろうか。

陽が落ち始めた頃、いばら邸に帰ってきたアルダンテが玄関のドアを開けると、侍女が慌ただしい様子で出迎えに来た。

「どうかした？」

「あの、フレン様と一緒に男性のお客様がいらっしゃっていまして」

（あの王子……一応ここは男子禁制ではなかったかしら）

緊張した侍女の様子を不審に思ったアルダンテは、早足で客間に移動する。

ドアを開けると部屋の中央のソファにフレンが座っていた。

そしてその対面のソファには、ふたりの中年に差し掛かろうという年齢の男が横並びに座っている。

（誰……？）

状況が掴めないアルダンテは眉をひそめながらも、とりあえずフレンの隣に座った。

ふたりの男は席に着いたアルダンテを睨みつけるようにじっと見ている。

視線で威圧するかのようなふたりの態度にアルダンテは居心地の悪さを感じた。

「……こちらの方々はどなたでしょうか」

アルダンテの問いに、フレンは「ああ、そっか」とつぶやく。

「君、会ったことなかったのか。じゃあ紹介するね。こちら、左の方が元財務大臣のヴェヒター・ソーン様。右の方が現宰相のバシウス・アングスト様だよ」

（……は？）

表面上は平静を保ちながらも、内心ではさすがのアルダンテも動揺した。

国のトップであり、敵側の主要人物であるふたりが、今目の前に座っている。

（一体どういうことになったらこんな状況を作り出せるのよ）

フレンを横目で見ながら、アルダンテは視線で圧をかけた。

さっさとこの状況を説明しろ、と言わんばかりに。

フレンは苦笑しながら「そうだね」と前置きしてから言った。

「ほら、彼ら最近兄上と仲違いしただろ？　だから今度は俺の方につくことにしたんだってさ」

「……あちらがダメなら次はこちらとは、また随分と調子のいい話ね」

アルダンテの言葉に細身で厳《いか》めしい顔をした宰相がピクッと眉を吊り上げる。

「政治のことをなにも分からぬ女風情が余計な口を叩くでないわ。背負うべき覚悟も責任もなく、ただ子を産むことしか能のない女は黙っておれ」

「大層なことをおっしゃっていますけど、それでやっていたことが愚かで子供のような王子の尻ぬぐいばかりとは、背負うべき覚悟や責任が聞いて呆れますわね」

「なんだと？」

「――はいストップ」

フレンの声に宰相とアルダンテが口をつぐむ。

ふたりが黙ったのを見ると、フレンはため息をつき宰相に向かって言った。

「バシウス。俺につくというのならまず協力者である彼女に対する態度を改めてくれ。これからは同じ陣営になってクザンと戦う仲間なのだからね」

「それはかなわぬ相談ですな、フレン様。その女は我が娘ネモフィラを大衆の前でコケにした憎んでも憎み切れぬ相手。目の前にいるだけで腸《はらわた》が煮えくり返る思いだというのに、馴れ合うなど冗談ではない」

宰相は腕を組み顔を背けると、フンと不機嫌そうに鼻を鳴らした。

（こんな人でなしの親でも、娘のことは大事なのね。我が家の親よりもよっぽどまともじゃない）

険悪な場の空気にフレンはやれやれと肩をすくめる。

そんな中、宰相の隣に座っていた肥満体型の男――元財務大臣のヴェヒターが慌てた様子で言った。

「ま、まあまあ皆さん。落ち着きましょう。ほら、お茶でも飲んで。ね？　ね？」

ヴェヒターが宰相にティーカップを差し出す。

宰相はヴェヒターを睨みつけると、苛立った様子で口を開いた。

「なにが落ち着きましょうだ、国賊のクズめ。クザン様に媚びを売るための多少の裏金は見過ごしてやっていたが、あろうことか民から徴収した税金を懐に収め、王家の宝飾品を売り渡すなど言語道断だ。今回の一件が片付いたら真っ先に貴様を叩き潰してやる。覚悟しておくがいい」

「そ、そんな⁉　ただの出来心だったんです！　妻も娘も実家に帰ってしまって残ったのは借金だけなんですよ⁉　もう勘弁してくださいよ！」

涙目になって宰相にすがりつくヴェヒターを宰相が鬱陶しそうに振り払う。

(娘のマーガレットと違って随分気が弱そうね。悪事を働いてしまったのも本当にただの出来心だったのかも……だとしても、同情の余地はないけれど)

「なんとも先行きが不安な仲間達が集まったものだね。兄上は水面下で戴冠の準備を始めているという噂もあるし、人生とは中々思うようには行かないものだ」

フレンがため息をついた。

それを見てアルダンテは、テーブルに置かれたティーカップを口に運びながらつぶやく。

「そう悲観的になることもないわよ」

その場の全員がアルダンテを怪訝な顔で見た。

アルダンテはティーカップを一口すすってから目を閉じる。

「私も含めてここにいる全員は、利害が一致しているから手を組んでいる間柄。馴れ合わなくても目的が同じなら協力はできるでしょう。違いますか?」

その言葉に全員が目を見合わせて無言の肯定を示した。

「――と、話の落としどころとしてはこんなものでよろしいのではないかしら」

そう言ってアルダンテがティーカップをテーブルに戻す。

フレンはパン、と手を叩くと、宰相とヴェヒターに向かって言った。

「それじゃあ今日の顔合わせはこれで解散かな。次に集まる時は各自証拠を持ち寄って詳しい話を詰めていこうか」

　頷いた宰相はソファから立ち上がると、アルダンテを見下ろす。

「……フレン様と常に一緒にいるようだが、この一件が終わった後に間違っても婚約者として取り入ろうなどと思い上がるでないぞ。王家に嫁ぎ、王妃となるのは我が娘ネモフィラなのだからな」

「ご心配なさらずとも、その気は一切ありませんので」

　チッと舌打ちをしながら宰相が部屋を出て行った。

　ヴェヒターは宰相の足音が完全に聞こえなくなったのを確認すると、フレン様に身を寄せて囁いた。

「……フレン様が王位を継がれた暁には是非、私をそのお手元で働かせてください。金の管理は得意ですので」

「考えておくよ」

　苦笑するフレンにヴェヒターはニヤリと笑みを浮かべると、先ほどまでの卑屈な態度が嘘のように軽やかに部屋を出て行く。

「なんて図太い神経をしているのかしら。小心者に見せかけていたのは演技だったのね」

「そりゃそうさ。彼が小心者ならもっとバレないようにちまちまと金を使ったはずだ。湯水のように国庫の金を使うなんて、大胆な馬鹿にしかできないよ」

そう言った後、フレンは少し考えるような素振りをしてから、隣に座っているアルダンテの方に向き直った。

「君になにも相談せずに決めてしまったけど、よかったかなこれで」

「いいも悪いもないわ。それが最善手だと思ったのならそうするべきよ」

「いや、そうじゃなくて……正統な王になろうとしている俺が、あんな不正に手を染めていた官僚達と協力しても怒らないのかい？」

申し訳なさそうに聞いて来るフレンに、アルダンテは首を傾げる。

「なぜ私が怒らないといけないの？　前も言ったけれど、私にとってはこの国のことなんてどうでもいいの。悪人が支配しようが、善人が統治しようがね」

扇子を開いてパタパタと仰ぎながら、アルダンテはフレンに告げた。

「私はただ、やられたらやり返すだけ。私に危害を加えた者を徹底的に容赦なく打ちのめす。そのために私はここにいるのよ。後は報酬のためってのもあるけれど。他のことは知ったことではないわ」

唖然としていたフレンだったが、不意にフッと顔をほころばせて笑う。

「そういえば君はそうだったね。性根はとことんねじ曲がっているのに、絶対に折れない強い意思を持っている……そんなとびっきりの悪女の君に、俺は惹かれたんだってことを今思い出したよ」

「馬鹿にしているのかしら?」

「いいや、褒めてるんだよ」

ヘラッといつもの軽薄な笑みを浮かべるフレンに、アルダンテも口元を緩めた。

(この笑顔……最初は苦手だったのに、いつの間にか嫌いじゃなくなってる。フレンはただの軽薄なだけの男じゃないと知ったからかしら)

フレンはソファから立ち上がると「よし」と気合を入れ直す。

「ちょっと遠くまで出かけてくるよ。二週間くらいかな。少し長くなるけど、もしうまくいったらきっと驚くと思うから、楽しみにしててね」

フレンがなんのことを言っているのか分からなかったが、とりあえずアルダンテは手を振って見送ることにした。

「行ってらっしゃい。大丈夫だとは思うけど、色々と気をつけなさい」

「不吉なことを言うなあ。気をつけてって暗殺とかそういうの?」

「それもあるけど、事故とかよ。万が一があるでしょう」

「それもそうか。うん、気をつけるよ。それじゃまたね、アルダンテ」

そう言って、フレンは部屋から出て行こうとして——アルダンテに向かって振り返った。

「あのさ——」

珍しく言い淀《よど》むフレンにアルダンテは首を傾げる。

「なに？」

「……この件が終わったら、俺と一緒に旅に出ない？」

（……なにを言っているの、この人）

眉をひそめるアルダンテに、フレンは返事を聞くのを恐れるように慌てて叫んだ。

「やっぱり忘れて！　それじゃ！」

バタンと勢いよくドアを閉めて、フレンが走り去っていく。

「……なんだったのかしら」

（冗談？　それにしてはいつになく取り乱していたけれど）

「今更王位がいらないなんて言ったら、今までやってきたことはなんだったのよ。冗談も休み休みにしてほしいわ」

ひとりになったアルダンテは、ソファに横になり目を閉じる。

「……そういえば、最近こうしてゆっくり休む暇もなかったわね」

エクリュール家を追い出されてから、今日に至るまで、時間はあっても心が休まる時はほとんどなかった。

今やクザンがアルダンテに付けた監視役である侍女や執事はほとんどが排除され、フレンの手の者が身の回りの世話をしているが、それが可能になったのもつい一か月ほど前のことである。

（少し眠りましょう。今すぐに事態が急転するわけでもあるまいし。ちょっとくらいいいわよね……）

そんなことを考えている内に、アルダンテはいつしか眠りに落ちた。


「────ンテ！　アルダンテ！」

頭上から降ってくるフレンの大声に寝ぼけ眼を開く。

目元を擦りながらソファから身を起こすと、焦った顔のフレンがすぐ傍に立っていた。

「フレン……？　遠出したのではなかったの？」

「途中でセランから知らせを聞いて戻ってきたんだ。いいかい、落ち着いて聞いてくれ」

フレンの口から出た次の言葉に、アルダンテは一気に眠気が覚める。

「宰相とヴェヒターの乗っていた馬車が事故を起こして横転した。ふたりは重傷を負って王宮の医師が今必死で治療に当たっている」

「事故、ですって？」

フレンとの別れ際、アルダンテは冗談も含めて事故と言った。

だがこのタイミングでの事故は、明らかに作為的なものを感じずにはいられない。

（無職のヴェヒターはともかくとして、現宰相であるバシウスに手を出すなんて、ただの小者の仕業とは思えない。誰がこんなことを──）

その時、客間のドアが静かに開いた。

アルダンテとフレンが振り向くと、そこに立っていたのは――

「……お父様」

長い白髪を後ろで結わえた長身の男――アルダンテの父、マクシムスだった。

そしてその背後にはアルラウネが、表向きの顔ではなく本性を表した意地の悪い笑みを浮かべて立っている。

「なぜふたりがここに……？」

困惑しながら問うアルダンテに、マクシムスは首を横に振る。

「――お前には失望したよ、アルダンテ」

「……は？」

呆然とするアルダンテに、マクシムスはため息をついた。

「ここにお前を送り出したのは、家にいても問題ばかり起こすお前がクザン様の鬱憤を晴らす玩具として、せめて少しでも我が家の役に立つと思ったからだ。ところがなんだね、この有様は」

マクシムスがフレンに視線を向け、再び首を横に振る。

「あろうことかお前はクザン様に気に入られるどころか、血筋の卑賤な第二王子と共謀して王位の簒奪《さんだつ》を企てている。エクリュール家の恥さらしめ。死んで詫びてくれないかね？」

（ふ――ざけるんじゃないわよ！　誰のせいで、この……っ！）

頭に血が上り叫びかけたアルダンテは、拳を思い切り血がにじむほどに握り締めることで、かろうじて自制した。

明らかにマクシムスは自分を怒らせようとしてわざと挑発的な言葉を使っている。

そうやってマクシムスが対面の相手から情報を引き出すやり方を、アルダンテは昔から見てきた。

（落ち着くのよ。余計なことを話せばお父様の思う壺だわ）

アルダンテが黙り込むと、マクシムスはすぐさまフレンに向き直って会釈をする。

「お初にお目にかかる。マクシムス・エクリュールと申します」

「……どうも。散々馬鹿にされた後に普通に挨拶されると、なんだか対応に困るね」

マクシムスは顔を上げると、フレンに冷たい眼差《まなざ》しを向けて言った。

「愚かなことをしましたな。欲を出さずに今まで通りに適当に生きていれば、出る杭《くい》を打たれることもなかった」

「気が早いね。まだ打たれると決まったわけではないよ」

「私が打つ、と言っているのだよ。エクリュール家の当主である、この私が」

その言葉にフレンが眉をひそめる。

「エクリュール家がどうしたんだい？　悪いが貴方の家の名はふたりの娘が薔薇姫になってい

るということで初めて知ったんだ。でも今の話しぶりだと、貴方にはただの伯爵家の当主以上のなにかが、あると言っているように聞こえるけれど」

　アルラウネが「あはっ」と笑い声をあげた。

「本当になにも知らないのね。お父様は全部知っているのよ。貴方達がどんなことをしていて、どんな人間を使っていて、どんなことを企んでいるのかをね。例えば――」

　口元を手で押さえて笑いをこらえながら、アルラウネはフレンを馬鹿にするように囁く。

「――貴方達の協力者が今どんな馬車に乗っていて、誰を御者にしていて、どんな道を通るかもお見通しなのよ？　だったら簡単よねえ？　馬車やその道に細工をすることくらい」

「なっ……!?」

　フレンが目を見開いて驚きを露にした。

（……そういうこと。だから家にはあんなに――）

　マクシムスは目を閉じて天を仰ぐ。

「エクリュール家は代々王家に仕え、王宮の諜報と謀略を一手に担ってきたいわばカーディス王国の暗部。今代の王は清廉故に私を重用することはなかったが、クザン様は違った。少々頼ってくるのが遅くはあったがね」

　目を開いたマクシムスがフレンを見て口を開いた。

「あの方が王になれば、アルラウネは王妃となる。そうなれば長年影に甘んじてきた我が家の名もついに表舞台に知れ渡ろう」

「……地位や名誉が目的、というわけかな？」

フレンの言葉にマクシムスは「いいや」と即答する。

「そんなものはどうでもいい。私はね、見せてやりたいだけなのだよ」

マクシムスは顔を両手で覆うと、口端を吊り上げて邪悪な笑みを浮かべた。

「今まで散々汚れ仕事を押しつけておきながら！　代が変わった途端に用済みだ、などとふざけたことを言う今の国王に！　自分が日陰に追いやった者のせいで、国が崩壊していく無残な様をね！　ははははは！」

狂ったように笑うマクシムスを見て、フレンは言葉を失う。

ひとしきり笑った後、マクシムスはピタリと真顔に戻って口を開いた。

「フレン王子。今手を引くのであれば、命だけは助けて差し上げよう。アルダンテ、お前もだ」

アルダンテに向き直ったマクシムスは、目を糸にして穏やかに微笑む。

「家にいる時は気がつかなかったが、どうやらお前には私と同じように人間の感情を意のままに掻き乱し、行動を誘導する能力があるようだ」

（否定はしないわ。実際に私は今まで、マクシムスの話術を真似て薔薇姫達がボロを出すように言葉巧みに誘導してきた。それがたとえ憎い親の特技だったとしても、有効に使えるものは使っていくのが私のやり方だから）

「私の元に帰ってくるのであれば、今までのことは水に流そう。〝いばら姫〟などと呼ばれて馬鹿にされているお前では、ここにいてもこれ以上クザン様に好かれることもあるまい。どうだ、考え直す気はあるかね？」

「お断りよ」

考えるまでもなく、アルダンテは即座にそう答えた。

「お父様の目的が利害を無視した王家への復讐であるように、私の目的もそういったことはどうでもいいのよ。私はね――」

アルダンテは笑顔で左手を広げると、親指から一本ずつ指を倒していく。

「マクシムス、アルラウネ、クザン、それとバーバラにロディ。私に害を与えたこの五人をどうしても地に這いつくばらせたいの。私が味わった以上の屈辱を味わわせてあげたいのよ。だから和解なんて、絶対にありえません」

五本の指を倒し切ったアルダンテの顔は、口端を吊り上げた完全に悪女の笑みとなっていた。

「――潰しあいましょう？　どちらかが破滅するまで。容赦なく。徹底的に」

マクシムスはしばらく無言でアルダンテを睨みつけていたが、フンと鼻を鳴らすとその場に背を向けた。

「一生後悔するがいい。育ての親である私を敵に回したことをな」

「そちらこそ後悔するがいいわ。私を〝いばら姫〟と呼んだことをね」

マクシムスが部屋から出て行くと、その場に残っていたアルラウネが「あーあ」と声を上げた。

「馬鹿なお姉様。助かる最後のチャンスだったのに」

「助かろうだなんて最初から思っていないわ。言ったでしょう。どちらかが破滅するまで潰し合うって。貴女達家族をめちゃくちゃにできるなら、私は悪魔にでも魂を売り渡すし、どんな非道だって喜んでやってやるわ」

「イカれてるわね。家を追い出されてから本当に見たまんまの悪女になってしまったのかしら。可哀想に」

眉根を寄せてわざとらしく悲し気な表情を作りながら、アルラウネは部屋の出口に向かっていく。

「――ああ、そうそう。もうほとんど詰んでる貴方達ふたりにサービスでいいことを教えてあげる」

スカートをくるりと翻して振り返ったアルラウネが、ニタァと悪意のある笑みを浮かべて言った。

「今から二週間後に王宮でクザン様の戴冠式をするの。それと同時に私との結婚式も行う予定よ」

アルラウネがゆっくりとアルダンテに歩み寄る。

「私がなぜクザン様の奴隷になるはずだったお姉様を助けたか不思議に思っていたでしょう？　それはね――」

近づいてくるアルラウネにアルダンテが怪訝な顔をした。

そんなアルダンテの耳元でアルラウネが囁く。

「――結婚式の舞台で王妃となった私に敗北し、惨めに這いつくばるお姉様の姿をこの目で見届けるためよ」

「……なにを言っているの、貴女は」

「お姉様って潰されても動く虫みたいにしぶといでしょう？　三年間、お母様と一緒にどれだけいじめても平気な顔をしていたんだもの。たとえクザン様に奴隷のように扱き使われても全然堪《こた》えなかったと思うのよね。でも――」

クスクスと人を小馬鹿にするような含み笑いを零しながらアルラウネは口を開いた。

「――同じ婚約者候補っていう立場にした上で、私に立ち向かってくるお姉様に、どうあっても勝てないという事実を徹底的に分からせてあげたら……きっと見たこともないくらいに悔しい顔を見せてくれるんじゃないかって思ったの。ね、自尊心が高いお姉様には一番効果がありそうな手でしょう？」

「……理解できないわ。そんなことのためにわざわざ嫌っていた私を助けるなんて。一体貴女になんの得があるのよ」

眉をひそめて問うアルダンテに、アルラウネは一転して真顔になる。

「私は生まれた時からなんでも自分の望みは叶えてきたわ。欲しいものはなんでも手に入れて、気に食わない人間はどんな手を使ってでも叩き潰してきた。でもたったひとつだけ、思い通りにならなかったことがあるの」

アルラウネはアルダンテに背を向けると、今度は振り返ることなくドアに向かって行った。

「それは生まれた時からずっと傍にいて、散々いじめてきたムカつく姉の心を折れなかったことよ。それだけが唯一の心残りだったの。でもそれもあと二週間の辛抱よ。ああ、今からその時が待ち遠しいわ！」

黙って聞いていたフレンが、理解できないと言わんばかりに険しい表情になる。

「歪んでいるよ君。あの親にしてこの子ありだね」

アルラウネはフレンの言葉を無視してドアの取っ手に手を掛けると、顔だけ振り向いて言った。

「お姉様も私との因縁に決着をつけたいのでしょう？　だったら結婚式には絶対来てね。負け犬のフレン様も是非ご一緒にどうぞ。それじゃあ、またね」

アルラウネが満足そうな表情を浮かべて部屋から出て行く。

室内が静かになるとフレンは肩を落とし、おもむろにソファに深く腰掛けた。

「とんでもないことを考えたものだ。父上がまだご存命なのに戴冠式をするだなんて。そんな暴挙、許されると思っているのか？」

取り乱しこそしていないものの予想外の出来事に相当疲弊したのか、フレンは疲れ切った様子でつぶやく。

「しかも二週間後だなんて……あまりにも時間がなさすぎる。一体どうしたら――」

「――上等じゃない」

不意にアルダンテがパン！と扇子を広げた。

(後悔させてあげるわ、お父様。私を利用するためにここに送り込んだことを)

「今まで隠れていた黒幕を表舞台に引きずり出したのよ？　むしろ好都合だわ。これで誰を敵にすればいいかハッキリした。後は分からせるだけよ」

(後悔させてあげるわ、アルラウネ。調子に乗って私を助けた上に、絶好の復讐の機会を与えてしまったことを)

片方の手を腰に当てて扇子を優雅に仰ぎながら、アルダンテは笑った。

その表情を見て、フレンは「うわあ」と嬉しそうに声をあげる。

「その顔を見るために君と手を組んだのを今思い出したよ。そうだね。ここまで来たらもう後戻りなんてできない。やれるだけやるしかないか」

ヘラッと笑うフレンに、アルダンテは頷いて答えた。

「味わわせてあげるのよ。自分達が地に頭をつけるなんて少しも考えていない、思い上がった愚かな方々の口に——土下座をして食らう敗北という名の土の味をね」

第六章　淑女の笑みは三度までよ

突然発表された戴冠式の知らせは王宮に衝撃をもたらした。

いくら病で倒れているとはいえ、国王が存命中に本人の許可なく勝手に王子が王位を継承するなど前代未聞だったからである。

これには元よりクザン派だった貴族達もさすがに難色を示した。

だが数日が経った後、その意見はすべて覆ることになる。

（お父様の策略ね。弱みを握って脅したに違いないわ。ということはもう、王宮から反対の声があがることはないとみていいわね）

アルダンテの予想通り、マクシムスの策略によって本来クザンをよく思っていない貴族達からも反対の声は一切あがらなかった。

これにより、王宮での戴冠式の決行は確実なものとなる。

また、アルラウネの結婚式についても戴冠式と同時に準備が進められているが、こちらに関しては最早、発表をせずとも王宮内外でふたりが結婚をするのは周知の事実となっていた。

それもそのはず、薔薇庭園にクザンとアルラウネがほとんどいなかったのは、ふたりが夫婦となる既成事実を作るために、随所に根回しを行っていたからだった。

国内の各地をふたりで旅行し、時には国民からの好感度を上げるために街に降りて配給を行い、パーティーに他国から王族を招いて周知する。

これにより結婚について貴族から不平の声は一切なく、概ね好意的に受け入れられていた。

高い金を使ってわざわざ婚約者候補を住まわせていた薔薇庭園とはなんだったのかと呆れるアルダンテだったが、クザンの性格を考えれば簡単に答えが分かった。

本命はアルラウネだが、財務大臣や宰相の庇護《ひご》は受けたいから、体裁を保つためにとりあえず婚約者候補として娘を囲っておこう――と、そんなところだろうと。

「浅はかというかなんというか。でもそのおかげで弱みを握れたのだから、馬鹿王子には感謝しなければいけないわね」

いばら邸の居間のソファでティーカップを傾けるアルダンテ。

そんなアルダンテを見て、対面のソファに腰掛けているフレンは、心労のためか疲れが見える顔で言った。

「よくそんなに余裕ぶっていられるね。俺はもうあと三日で戴冠式だと思うと気が気ではないよ」

「軽さが取り柄の貴方が落ち込むなんてらしくないわよ。三日後には次期国王になるのだからもっとドンと構えていなさいな」

「戴冠式当日に勝負を決めなきゃいけないっていうのも、胃痛の原因のひとつなんだけどね。

本当はそうなる前に兄上には王位を諦めてもらうつもりだったからさ」

ソファにもたれかかりながら、フレンが遠い目をしてつぶやく。

「……それに頼みの綱だったヴェヒターとバシウスの手をこの土壇場で借りれないとなったら、落ち込みもするよ」

車輪が外れたことで馬車が横転した事故により、同じ車両に乗っていたヴェヒターとバシウスは全治三か月程度の怪我を負った。

それがマクシムスの仕業だということが伝わったふたりは、つい一週間ほど前に協力できないことを手紙で伝えてきた。

「今の俺達には兄上を追い込む決め手がない。あのふたりが持っていた証拠品がクザンを追い込む一番の武器だったからね」

元財務大臣だったヴェヒターからは、表沙汰にできない国庫からクザンへの金の流れをまとめた裏帳簿。また、王家の宝物庫から取り出した宝飾品の取引を示す契約書等。

宰相だったバシウスからは、クザンのために捻じ曲げたあまりにも理不尽な人事の異動を示す書類に、法に触れた行いを取り消す免状の控え等。

それらのほとんどは言い逃れが出来ないほどの物的証拠であるため、もし大衆の前に晒されれば、糾弾されることは必至の対クザンの切り札となるものだった。

「ハッキリ言ってこのまま戴冠式に乗り込んでも兄上や君の父上に勝てる見込みはないよ。どうしたものかな……」

ため息をつき、フレンは机に突っ伏す。

そんなフレンを見て、アルダンテは優しく目を細めた。

「フレン様は、最初会った時と比べると大分印象が変わったわね」

「……年上のくせに子供っぽいって？」

「それは初めから思ってたけれど」

「うわ、それ結構傷つくんだけど。一応俺二十歳なのにさあ……というか、いつの間にか俺に対して敬語じゃなくなってたよね、アルダンテは」

「使わなくてもいいかと思って」

「君は本当に思ったことをズバズバ言うね。悪い女だ」

「よく言われるわ」

机に突っ伏したまま動かないフレンの頭に、アルダンテは手を伸ばす。

そのままサラサラの金髪に指を通すとピクッとフレンの身体が震えた。

「やる気、出してくださいな」

「……もう少しそうしてくれたら、出るかも。やる気」

（困った王子様ね。犬みたい）

フレンの髪を優しく撫《な》でながら、その場にしばらく無言の時が流れた。

「……本気なの？」

「なにが？」

「この件が終わったら、ふたりで旅に出るという話」

フレンがばね仕掛けのように勢いよく起き上がる。

真剣な目をしたフレンは、驚いた顔をしているアルダンテの手を取った。

「本気って言ったら、一緒に来てくれる？」

「……私は」

アルダンテはフレンの目をまっすぐ見つめ返す。

そして少し間を置いた後、口を開き言葉を紡ごうとして――。

「――最高級の宝石をくれるっていうから、実家からわざわざ三日も掛けて来てやったのに、こんなものを見せるために私を呼んだってわけ？　ふざけないでよね」

「――三日後には大罪人になるかもしれないというのに婚前交渉に及ぼうとしているなんて、いいご身分ですわね？　これだから品性の欠落した下賤な出の者達は」

いつの間にか部屋にいたふたりの女の声によって中断された。

ふたりを見たフレンはアルダンテの手を握っていることも忘れて、目を見開いて驚く。

「君達は……どうしてここに？」

そこにいたのは黄薔薇姫、マーガレット・ソーンと青薔薇姫、ネモフィラ・アングストのふたりだった。

アルダンテはふたりを見てニヤリと口端を吊り上げる。

「そんな大きな口を私に叩いていいのかしら。貴女達の進退は私が握っているということを忘れてない？」

「うっ……」

ふたりが苦々しい顔をして黙り込んだ。

それを見たフレンは、大体のあらましを悟って苦笑いをする。

「薔薇姫ふたりに言うことを聞かせるなんて、一体どんな弱みを握ったんだか」

フレンの言葉通りすっかり大人しくなったふたりを見て、アルダンテは満足気に頷いた。

「――これでようやく役者が揃ったわね」

その言葉に、薔薇姫ふたりは困惑した表情で顔を見合わせる。

そんなふたりにアルダンテは満を持して自信満々の表情で告げた。

「待っていたわよ悪女達。悪いけど、貴女達にはもう一華咲かせてもらうわ。薔薇姫の名に相応しい最高の舞台でね」


――――

戴冠式当日の夕方。

アルダンテはいばら邸の大きな鏡で自分の姿を確認する。

纏うのは実家から唯一持ってきた、母の形見でもある深紅のドレスだった。

「戴冠式と結婚式みたいなおめでたい日にはどう考えても合わないけど――」

右手の薬指にはフレンからもらった赤い宝石付きの指輪。

首元にはセランがマーガレットから奪った琥珀色の首飾りが掛けられていた。

「そのドレス、赤紫色の君の髪にはよく似合うね」

部屋の入口に立っていたフレンが声を掛けてくる。

「ありがとう。フレン様も素敵よ」

この日のフレンはアルダンテに合わせたかのように、式典用の赤紫色の燕尾服に黒いシャツを着ていた。

初めて見る服装だったが、長身でスタイルのいいフレンにはよく似合っている。

(主役よりも目立つ気満々じゃない)

「相変わらずチャラいわね」

「褒め言葉として受け取っておくよ」

ヘラッと笑った後、フレンはアルダンテの足元にひざまずいた。

アルダンテに手を差し伸べたフレンは、もう片方の手を胸元に当てて、芝居がかった素振りで口を開く。

「さあ行きましょうか、お姫様。俺達が主役のパーティー会場へ」

アルダンテはその手を取ると、微笑んで答えた。

「——ええ、行きましょう。思い上がった脇役達を叩き潰しに」

手を繋ぎ、ふたりは部屋を出て行く。

「……ああ、そうだったわ。これも忘れないようにしないとね」

エクリュール邸を出る時に持ってきた、大きな旅行バッグを手に。


戴冠式の会場は奇《く》しくも、婚約者候補を選んだ場所と同じ王宮の広間だった。

アルダンテとフレンが広間に近い王宮の玄関に着いた時には、すでに参加者のほとんどが会場内に入っていたようで、警備兵以外の人は誰もいなかった。

「……遅れて来たから当たり前だけどさ」

頬を掻きながらフレンがつぶやく。

アルダンテはフレンの手を強く握った。

「必要な寄り道をしていたし仕方ないわ。それに主役は遅れてやって来るというもの。その方が目立つし、丁度いいじゃない」

ふたりは玄関を抜けると廊下をまっすぐ歩いて行く。

そして広間に入る大きな扉の前に立った。

フレンは扉の取手に手を掛けると、アルダンテを一瞥してヘラッと笑う。

「さて、脇役共を舞台から引きずり降ろしてやりますか」

バタン、と勢いよく扉が開いた。

その先の広間ではすでに戴冠式が行われている最中だったらしい。

会場を見渡す限りの貴族の男女が、おそらくクザンがいるであろう広間の奥を見ていた。

「遅れてごめん、兄上！　不肖の弟がお祝いしに来たよ！」

フレンが叫ぶと、会場中の貴族達がアルダンテ達の方に振り向く。

彼らは皆、遅れてやってきたふたりのことを眉をひそめて怪訝な目で見た。

「兄上って、もしかしてあの方は第二王子のフレン様？」

「遅れてやってきたのにあの態度は一体なんだ！」

「隣にいる女は誰？」

「なんだあの血のように赤いドレスは。こんなおめでたい日になんて不吉な」

ざわつく会場の様子を見渡してから、アルダンテは一歩前に足を踏み出す。

カツン、カツン。ヒールが床を踏みしめる度に、長い赤紫色の髪が揺れた。

それを見ていた貴族のひとりが、アルダンテが何者かに気づいて声をあげる。

「赤紫色の髪に、悪女のような見た目……まさかあの女は」

アルダンテとフレンの行く道を妨げないように、貴族達は自然と左右に避けていった。

そして人波の奥の開けた場所。

広間の中央に、一組の男女が立っていた。

男――クザン・カーディスは青の燕尾服に白いシャツを。

女――アルラウネ・エクリュールは白のドレスに、一等級の青い宝石がついた首飾りや指輪を身に着けていた。

彼らと対峙《たいじ》するように、三メートルほど手前でアルダンテ達は立ち止まる。

「ごきげんよう、クザン様――さあ、不吉を届けにきたわよ」

クザンはふたりを見下すように笑って言った。

「遅かったな、愚弟。そしていばら姫。すでに戴冠の儀は終わってしまったぞ?」

クザンに続くように、隣に立っていたアルラウネが首を傾げてわざとらしく言う。

「おふたりとも、今更なにをしにここに来られたの？　もしかして、この後行われる私達ふたりの結婚式をお祝いに？」

(安い煽りね。そんなものに今更乗せられるものですか)

アルダンテは手を口に当ててわざとらしく困った顔をして見せる。

「まあ、本当に？　でもおかしいわね。どこにも新しい国王陛下が見当たらないけれど」

「なに……？」

ピクリ、とクザンが眉を吊り上げた。

アルダンテは右に左にと周囲を見渡して、眉尻を下げて悲しそうに言う。

「どこにいるのかしら。ねえ、貴方達。ちょっと教えてくれない？　新しい王国の偉大なる太陽に挨拶がしたいから。それとも、もう夜だからお隠れになられてしまったのかしら？」

「新しい国王はこの私、クザン・カーディスだ！」

そう言ってクザンは王冠を自分の頭に被せた。

それを見たアルダンテは口元に手を当てて「まあ！」と大げさに驚いた顔をする。

「そこにいらっしゃったのね。見た目も雰囲気もあまりにも凡庸すぎて――ああ、失礼。つい本音が。国王陛下だとは気づきませんでしたわ。この身の不敬をお許しくださいませ、えっと……クザン、陛下……？」

「こ、の……アマぁ……！　どこまでも人を小馬鹿にしおって……！」

クザンが怒りのあまり顔を真っ赤にして拳を握り締めた。

一部始終を見ていた周囲の貴族からはクスクスと小さな笑い声が漏れる。

それがさらにクザンの怒りを逆撫でした。

「今笑った者は誰だ！　不敬罪で打ち首にしてくれる！　出て来い！」

広間に響き渡る怒鳴り声に、周囲はすぐに静けさを取り戻した。

それを見ていたフレンは横目でアルダンテを見ながらグッと親指を立てる。

（ここで笑いが起こるということは、やはりクザンの戴冠は性急がすぎたわね。どれだけの人数かは分からないけれど、新しい王の誕生を正当なものだと思わず、クザンを嘲笑するような者がいる。となれば――）

アルダンテがフレンに目配せをする。

フレンは頷くと、一歩足を前に踏み出した。

「あのさ、兄上。やっぱりおかしいよ。父上が病で倒れていることをいいことに勝手に王位を継ぐなんてさ」

「は？　お前、今更なにを――」

「――皆にも問いたい！」

顔をしかめるクザンに背を向けて、フレンが周囲の貴族を振り返る。

「皆は本当に兄上が正当な王にふさわしいと思っているのか⁉　父上がお倒れになって、兄上が次期国王として横暴に振る舞うようになってから、この国は変わった！」

両手を広げたフレンが、真剣な表情で必死に声を張りあげた。

「正しき者は評価されず！　民は重税で苦しみ！　兄上に媚びを売る一部の悪徳貴族だけが甘い汁を吸う腐った国になってしまった！　貴族や貴族に賄賂を贈る商人と平民の貧富の差は広がり続け、最早いつ暴動が起こってもおかしくない！　このままでは近い内に確実に国は滅びてしまうぞ！　それでもいいのか⁉」

静かに話を聞いていた貴族達は三者三様の反応を見せる。

ある者は、その通りだと頷き。

ある者は、それのなにが悪いと鼻で笑う。

また罪悪感を持ちながらも、時流に身を任せて富を享受していた者は、痛いところを突かれたと苦し気な表情をした。

もう一押しだと感じたのか、フレンはさらに声を張りあげようとして――。

「――根も葉もない嘘を吹聴するのはやめてくださる？　フレン様」

クザンの隣で状況を見守っていたアルラウネが待ったをかけた。

「私、悲しいですわ」

ポロリと、アルラウネの目から涙が零れ落ちる。

（ウソ泣きでしょ。芸が細かいわね）

「なぜそんなことを言いますの？　クザン様がそのような悪行をなさった証拠でもあるのかしら？」

その言葉に三者三様の反応だった貴族達も揃って頷いた。

「確かにクザン様には悪い噂が尽きないが、実際の話、確たる証拠がなければただの噂話にすぎん」

「ああ。逆に貧しい平民達に配給をして回っているという噂もある」

「それに今は不当な人事もなくなり、税金も大分緩和されたという話じゃないか。暴動なんてもう起こらないだろう」

周囲の反応にアルラウネは笑みを深くする。

「皆さまもこうおっしゃっておりますが、そこまで自信を持っておっしゃるというのならあるのでしょうか？　証拠が。それも身元が確かな、皆さまが納得できるような証人付きで。でなければ私、納得できませんわ。ねえ、皆さまもそう思いますでしょう？」

アルラウネの扇動に、貴族達も「そうだそうだ」と頷いて肯定の意を示す。

それを見てやれやれと肩をすくめるフレンに、アルラウネは勝ち誇った笑みを浮かべていた。

(もう勝った気でいるわね。ヴェヒターもバシウスも脅されてここに来ないことは分かっているから、そう思うのも無理はないけど)

「仕方ないね。そこまでいうのであれば、証人に証拠を持ってきてもらおう」

「……なんですって？」

アルラウネの表情が曇る。

その直後、貴族達の中からふたりのドレスを纏った令嬢が歩み出てきた。

それを見てアルラウネが分かりやすく顔を歪めて狼狽する。

「な、なんで貴女達がここに出てくるのよ……!?」

「私だって出てきたくなんかなかったわよ！　よりにもよって、自分の家の恥をさらすために

こんな大衆の前に！」

「あらマーガレット様。貴女の家にこれ以上晒す恥なんてあったかしら？　もう粗方終わっているようなものでしょう？」

「うっさいわよ土下座姫！」

ふたりの令嬢──マーガレットとネモフィラは口論をしながら前に出てくると、アルダンテの左右に並び立った。

黄薔薇、青薔薇のふたりの薔薇姫は、スカートの裾をつまんで優雅に会釈をする。

それを見た貴族達は再びにわかにざわつき始めた。

「あれって黄薔薇姫と青薔薇姫じゃないか？」

「元財務大臣の娘と宰相の娘のふたりだろう？　クザン様と最も繋がりが深く、不正の温床だったたって噂がある」

「待てよ、もしあのふたりが証拠を持っているなら──」

「ああ。証人としてもこれ以上ない人選だ……！」

貴族達の反応を聞いて、アルダンテはニヤリと口端を吊り上げる。

「やはり貴女達に頼んでよかったわ。効果覿面《こうかてきめん》ね」

「最悪よ、こんな形で目立つなんて……ねえ！　ちゃんと報酬の宝石はもらえるんでしょうね！　約束を破ったら承知しないわよ！」

「お子様ねえ。私はもう報酬などはどうでもいいわ。今はただ、お父様を傷つけて宰相の座を奪ったあの男に復讐したいだけだもの」

マーガレットとネモフィラが貴族達に向かって振り返る。

「ほら、これがクザン王子がした不正のすべてよ！」

「じっくりご覧になってくださいまし」

マーガレットとネモフィラが宣言した直後。

貴族達が集まっていた一角から突然大量の紙が空を舞った。

紙はすべての貴族達の手に渡るほどバラまかれ、その中の一枚はアルダンテの手元まで飛んでくる。

「セランは本当にいい仕事をしてくれますね」

「間に合うか微妙だったけれど、ギリギリなんとかなったみたいだね」

アルダンテとフレンが紙を手に取り広げた。

そこには元財務大臣のヴェヒターと宰相バシウスが何月何日の何時に、どんな不正な取引をクザンとしたかが明確に記載されていた。

「こ、こんなものがなんの証拠になる！　いくらでも嘘を書くことができるだろうが！」

紙を握り締めたクザンが、明らかに焦りが見え見えの青くなった顔で喚き散らす。

それに対して、マーガレットとネモフィラは対照的な余裕の顔で言い返した。

「そこに書かれている不正の物的証拠、裏帳簿と契約書はすべてこちらで保管してあるわ！　なんなら今写しもここに持ってきているのだけれど――」

ニヤリと笑って懐から書類の束を取り出すマーガレット。

「そ、それをよこせ！　ぐあっ⁉」

クザンは目を見開いて書類に飛びつこうとするが、アルダンテに足を掛けられてその場に転倒する。

「見苦しいわよ。じっと見ていなさい。自分が破滅するところをね」

「お、おのれ……私は国王だぞ！　私に対してこのような振る舞いをしてどうなるか分かっているのか⁉　おい、お前ら！　誰でもいい！　この女共を捕らえよ！」

クザンが貴族達に命令を出す。

しかし不正が書かれた紙に目を通して真実を知った貴族達は、倒れているクザンを無言で見下ろしていた。

それは王に対する視線にしてはあまりに冷たすぎた。

「お、お前達、なんだその目は……信じているのではあるまいな⁉　あのような戯言を！」

「――補足させていただきますと」

言葉を遮って、ネモフィラがクザンの頭上に紙をかざす。

「ここに書かれている日時と場所に関しても大きな証拠となりますわ。貴方は腐っても王子様。

国内のどこに行って、なにをしていたかはすべて公的な記録として議事録に残っておりますのよ。それとこの紙の内容を照らし合わせれば──」

クスッと、口元をほころばせてネモフィラが囁いた。

「──貴方はおしまい、ということですわ。クザン様ぁ？」

クザンは「うわあ!?」と大きな声をあげると、尻もちをついたまま後ずさる。

「ば、馬鹿な……しょ、正気ではないぞ、お前達……!?」

がたがたと口元を震わせながら、クザンはマーガレットとネモフィラを指さした。

「そ、そんなものをこの場で晒すなど……そこに書かれているのは私の罪でもあり、貴様らの罪でもあるのだぞ！　自分の家の罪を自ら周知してなにがしたいのだ、この狂人共め！　私と心中でもするつもりか!?」

喚き散らすクザンを見て、マーガレットとネモフィラは互いに顔を見合わせる。

「自分の家がどうなるかなんて、もうどうでもいいわ」

「そうですわね。そんなことよりも今は──」

そしてふたりはクザンに向き直ると──ニタァ、と。

口端を裂けるほどに吊り上げて笑った。

「──偉そうにふんぞり返って女を玩具としてしか見ていなかった貴方が」

「──私達に追い詰められて怯える姿を見ているのがなによりも楽しいんですもの」

「ひっ……!?」

クザンが怯えた声を漏らし、自分が情けない声を漏らしてしまったことが信じられず、口元を押さえる。

それを見たふたりは――。

「あははははははは！！！」

「きゃはははははは！！！」

クザンを指さして、心底楽しそうに、狂ったように笑った。

「あ、悪女……」

その様を見ていた貴族達のひとりが、顔を引きつらせてつぶやく。

そして同じくそれを見ていたフレンも後味が悪そうな顔をして言った。

「……これで決着かな？」

（決着？　いえ、まだ肝心の黒幕が出てきてないわ。このままじゃ私の復讐が終わらない）

アルダンテが視線を巡らせると、離れた場所に立っていたアルラウネと視線が合った。

すぐ傍でクザンが今わの際にいるというのに、一蓮托生《いちれんたくしょう》のはずのアルラウネはなぜか余裕の笑みを浮かべている。

そんな彼女を不審に思いアルダンテが、歩み寄ろうとした直後――。

「――茶番はそこまでにしてもらおう」

貴族達の中から声があがった。

声の主は威厳すら感じる風体でゆっくりと人波から歩いて来る。

（……やっと出てきたわね――お父様）

その男――マクシムス・エクリュールは、背後にピンクのドレスを纏ったバーバラと、正装をしたロディを引き連れて出てくると、三人揃ってクザンの前に並んだ。

「貴族の皆様方におかれましてはお初にお目にかかる。私の名はマクシムス・エクリュール。国王陛下であるクザン様よりこの国の宰相に任命された者だ」

「バーバラ・エクリュールよ。これからは王妃であるアルラウネの母后として、国の政治に関わっていくわ」

「ロディ・バラクです。今日より国王陛下から財務大臣の席を賜りました。よろしくお願いいたします」

三人の宣言に貴族達が目を剥いて一斉にざわめきだす。

「エクリュール家……？　確か白薔薇姫の実家の伯爵家だろう？」

「王宮内に派閥すら持たない地方の伯爵家の男がいきなり宰相だと？　いくらなんでも身内贔屓がすぎる！」

「ロディという輩もそうだ！　バラク家など聞いたこともない！　それが財務大臣だと？　どこの田舎貴族の若造だ!?」

「議会の決議も取らずに後任の宰相を決めるなどあり得ないことだ！　政治は子供の遊ぶ場所ではないぞ！」

これにはさすがに反感の声が圧倒的だった。

マクシムスの登場に絶望の淵《ふち》から舞い戻り喜んでいたクザンは、一転して慌てた様子で床から立ち上がる。

「お、おい！　どうにかしろ！　お前を宰相にすれば反対の声を黙らせられると聞いたから任命したのだぞ！」

マクシムスは詰め寄ってくるクザンに対して頷くと、落ち着いた表情で「お任せあれ」と言った。

「どうか静粛に願いたい」

マクシムスが静粛を求めるが、興奮した貴族達は声を止めなかった。

すでにクザンの不正を粗方見た後だったのも影響を及ぼしていただろう。

王家への怒りが、官僚への怒りが留まることを知らなかった。

「……やれやれ。こうなっては止む無しか」

マクシムスはため息をつくと、懐から小さな黒い銃を取り出し、天井に向かって撃つ。

パァン！　と大きな銃声が鳴り響いて、広間に静寂が戻った。

「――静粛に。これは国王陛下クザン様がお決めになったことである。異議がある者は名乗り出なさい」

貴族達が互いに顔を見合わせる。

その中で憤っていた者のひとりが、では自分がと前に足を踏み出そうとした。

「――忠告をしておこう」

機先を制するように、マクシムスがつぶやく。

暗い目をしたマクシムスは、目の前にいる貴族をじっとりとした視線で突き刺しながら言った。

「諸君の中にはほとんど私を知っている者はいないと思うが、我がエクリュール家は代々王家に仕え、諜報と謀略を一手に担っていた一族だ。この場にいるすべての者のどんな情報も、私には筒抜けだと思ってもらおう。後ろめたいことがある者は、名乗り出ないことをおすすめするよ。恥をかくことになる。時にそう、今名乗り出ようとした君」

前に出ようとした若い貴族の男が顔をしかめる。

マクシムスはロディに目配せをし、書類の束を受け取った。

そしてぺらぺらと紙をめくり、ある一点で指を止める。

「カーク伯爵家のバジル君だったね。娘が生まれたばかりだというのに、親友の妻と不倫をしているそうじゃないか。まったくいかんぞ、家族は大事にせねば」

「な、なんでそれを……」

若い貴族の男、バジルは顔を真っ赤にすると口をもごもごとさせて引き下がった。

マクシムスは「うむ」と頷くと、他の貴族に視線を向ける。

「他にはいないかね。誰でもいいぞ。そう、さっき威勢よく声をあげていたそこの君などは――」

「や、やめてくれ！　私が悪かった！　アンタが宰相になるのを認める！」

マクシムスに指摘されそうになった貴族が顔を真っ青にして叫ぶ。

それを皮切りに、声をあげていたはずの貴族達が一斉に下を向いて黙り込んだ。

自分だけは当てないでくれと、そう言わんばかりに。

「他に私達が役職につくのを反対するものはいるかね？」

広間に誰もいなくなったかのような静寂がその場を満たす。

そして静けさの水たまりに雫を落とすように、マクシムスの「うむ」という声だけが響いた。

「では決まりだな。宰相命令により、国王陛下を貶《おとし》める虚偽の情報を流布し、喧伝したお前達を反逆罪で拘束させてもらう。警備兵よ、ここに――」

「――なにを無理やり話をまとめようとしているの？　そうはさせないわよ、この詐欺師」

マクシムスの話を遮って、アルダンテが声をあげた。

それに対してマクシムスの隣に立っていた義母のバーバラが眉を吊り上げる。

「親に対してなに⁉　その口の利き方は！　謝りなさい！」

「そうだよ！　早く謝るんだ、アルダンテ！　今のは君が悪い！」

ロディが追従して責め立ててくるが、アルダンテは彼を無視してヘラッと軽薄な笑みで返した。

「貴女達にまともに育てられた覚えなんて一切ないけど？　そんなことよりも、他の誰が騙されても私は騙されないわよ」

アルダンテはマクシムスに指を突きつけて宣言する。

「この男はただの詐欺師よ。すべての人間の弱みを握っている？　そんなの嘘でたらめ、ただのハッタリなんだから——セラン！」

アルダンテに呼ばれて、貴族の中から少年の貴族の格好に変装したセランが飛び出してくる。

その手にはアルダンテが実家から持ち出した旅行バッグが握られていた。

「重いー。まったくお嬢様は人使いが荒いんですから」

「ありがと。助かったわ」

旅行バッグを受け取ったアルダンテは勢いよくバッグの中身を開く。

そこにはバッグの半分ほどの容量を占める、大量の書類が入っていた。

「これがなにか分かる？」

その時、常に穏やかだったマクシムスの顔が初めて歪む。

「貴方が切り札にしている貴族の弱みが記載された書類の写しよ」

それを聞いたバーバラは目を見開いて取り乱した。

「ど、どうしてそんなものを貴女が持っているのよ⁉　この泥棒猫！」

（お義母様。貴女には感謝しているわ。屋敷の隅々まで掃除をしろという貴女の命令がなかったら、マクシムスの書斎に隠されていたこれに気づかなかったもの）

当然、アルダンテは入手した方法を明かすつもりはない。

バーバラを無視して、アルダンテは貴族達に訴えかけるように話を続けた。

「確かに昔は暗躍していたのでしょうね。相当な人数の貴族の情報がその男の書斎には隠されていたわ。でも、それは昔の話よ。悪徳を嫌う今の国王陛下に袖にされてからは、その男の情報の質は一気に下がった。ここに書かれているほとんどの情報は弱みというにはささやかな噂話程度のものよ。それこそ不倫とか、浮気とか、その程度のね」

それを聞いて最初に浮気を指摘された貴族の男が恥ずかしそうに頭を掻いた。

アルダンテはそれを見てフッと笑うと、マクシムスに向き直る。

「貴方のやり口は一番近くで見てきた私が全部分かってる。宰相と元財務大臣をまるで自分の力で事故に合わせたかのように言ってきたけど、あれも全部ハッタリ。調べたら元々車輪がおかしかったのを、無職になった財務大臣がケチッてずっとそのまま使ってたそうじゃない。よかったわね？　タイミングよく事故が起こって。それとも必死こいてあのふたりがいない時を見計らって車輪の一部を削っていたの？　あはっ、笑える」

「む、う……！」

マクシムスが歯を食いしばる。

額には数えきれないほどの皺が寄り、その形相はどう見ても怒りに満ちていた。

父親のそんな顔を今まで見たことがなかったアルラウネは、信じられないといった表情でつぶやく。

「お、お父様……？　だ、大丈夫よね……？」

アルラウネの言葉にもただうつむいて唸ることしかできないマクシムス。

そんな中、今まで自分達のすべての行動をマクシムスに依存してきたバーバラとロディは——。

「う、嘘よね貴方……？　あんな出来損ないの娘に負けるなんて……」

「ま、マクシムス様……！　大丈夫ですよ！　マクシムス様は宰相なんですよ！　この場で一番偉いんですから！　アルダンテの言うことなんて無視してしまえば——」

パン！と広間に扇子を広げる大きな音が響き渡る。

広間にいる全員の視線が集中する中、アルダンテは優雅に扇子を仰ぎながら言った。

「——見苦しいわよ、雑魚共」

その一言で、騒ぎ立てていたマクシムスの周りの人間達はすべて口を閉じた。

アルダンテはゆっくりマクシムスに向かって歩み寄る。

「実を言うとね、私さっき貴方が言った言葉を聞いてから、ずっと噴き出すのを我慢してたの。えっと、なんだっけ。エクリュール家は王家に代々仕えて、諜報と謀略を一手に担ってきた国の暗部？　こそこそ貴族の不倫調査をするのが国お抱えの闇の一族とか格好よすぎでしょ」

ブフッ！　と周りの貴族が噴き出した。

マクシムスは耳まで真っ赤にして羞恥に震えている。

「貴方、言ったわよね。お前には失望した。お前はエクリュール家の恥さらしだって。ここで質問です。この場で今一番恥を晒しているのはどこの誰でしょう──？」

そして、アルダンテはマクシムスの耳元で囁いた。

「──お前よ、マクシムス。ねえ、今すぐに私の目の前から消えてくれない？　貴方が存在しているだけで同じ血を引いている私が恥ずかしいの。だからね、お願い。エクリュール家の恥さらしさん」

「き、貴様あああ！」

激昂したマクシムスがアルダンテの顔に銃を突きつける。

「この私を、エクリュール家を侮辱しおったな！　親の道具にすぎん娘ごときが、調子に乗るでない！」

引き金に指を掛けるマクシムスを見て、フレンが必死の形相で「アルダンテ！」と叫び、駆け寄ろうとした。

しかし、どう足掻《あが》いてもフレンが駆け寄るよりも銃弾が放たれる方が早いのは目に見えている。

そんな中、アルダンテは目を閉じることなく、薄ら笑いすら浮かべて口を開いた。

「撃てるものなら撃ってみなさい。ただしその引き金を引いた瞬間、お前は自分の罪を認めたことになるわよ」

「この小娘があ！　ならば望み通りにしてやる！　死ね！」

叫びながらマクシムスが銃の引き金を引く。

次の瞬間、バァン！と。大きな銃声が広間に鳴り響いた。

「ぐおおっ……!?」

マクシムスが手を押さえながらその場にうずくまる。

その手に握られていたはずの銃は、煙を上げながら壊れて床を転がっていた。

（マクシムスが撃たれた……？　一体誰に――）

アルダンテが周囲を見渡すと、ざわめく貴族達の中からひとりの男が歩み出てくる。

黒髪で中肉中背をした貴族と思しきその男の手には、一丁の拳銃が握られていた。

男はアルダンテと視線が合うと微笑み、困惑している彼女に背を向けて周囲の貴族達に向き直る。

「私は頻繁に行われていた衛兵や官職の不当な人事を指摘したことが原因で、クザン様によって不当に地方に左遷させられていた！　だがフレン様とそこにいらっしゃる女性、アルダンテ様のおかげで王宮に戻ってくることができたのだ！　私は彼らを支持するぞ！」

男の言葉に貴族達が顔を見合わせた。

そして彼に続くように、また貴族達の中からひとりの男が歩み出てくる。

「私もフレン様を支持する！　フレン様とアルダンテ様が財務大臣を更迭してくださったおかげで、我が国の多くの民が飢え死にをせずに済んだのだ！　重税を課して民から搾り取った金で、好き放題に贅沢をしていた者を王になどできるものか！」

「よく言った！　俺もフレン様を支持するぞ！」

「私もよ！」

他の貴族達からも次々にフレンとアルダンテを支持する声があがった。

（調子がいい人達ね。まあいいわ。今はその勢いを利用させてもらいましょう）

うずくまっているマクシムスを上から見下ろす。

顔にびっしりと汗を浮かべて、息を荒げて自分を見上げてくるマクシムスに、アルダンテは冷たい表情で言った。

「万策尽きたようね。ハッキリ言ってあげるわ——お前達の負けよ、マクシムス。これでお前の破滅は確定ね。無駄な抵抗お疲れ様」

マクシムスは呆けたような顔をした後、ガクッと、地面に向けて頭を垂れる。

まるで土下座をしているかのような体勢になった彼は、やがてくぐもった嗚咽《おえつ》を漏らし始めた。

「おお……おおおお……おおおおお！」

極度のストレスが掛かったせいか、白髪だったマクシムスの髪はパサパサと抜け落ち、まるで老人のように顔には皺が浮かんでいく。

最早生ける屍《しかばね》と化したマクシムスにアルダンテは背を向けると、スッキリとした顔でフレンの方に戻っていった。

そんなアルダンテの顔を見たフレンは苦笑しながら口を開く。

「よかったのかい？」

「なにが？」

「だって君が復讐したい相手はまだいるだろう？」

フレンがバーバラとロディに目配せをした。

アルダンテがそちらに視線を向けると、ふたりはビクッと震えて怯えた表情をする。

「……もういい。なんだか疲れちゃった。後は国の裁きに任せることにするわ」

「そっか。君がいいなら、俺はなにも――」

フレンは微笑もうとした直後、アルダンテの背後を見て驚きに目を丸くする。

アルダンテは眉をひそめて、背後を振り返った。すると――。

「アルダンテエエエ！」

鬼の形相をしたアルラウネが、平手を振りかぶっていた。

パァン！　と派手な音が鳴って、頬を張られたアルダンテがよろける。

「はぁ、はぁ……！　この汚らしい赤紫の悪女が！　この！　この！」

パン！　パン！　とアルダンテの左右の頬を、アルラウネが平手打ちする。

「よくも！　よくもよくも！　よくもこの私の人生を台無しにしてくれたわね！　二流以下のゴミ人間が！　誰からも愛される純粋無垢で可憐な白薔薇姫のこの私の足元にも及ばない〝いばら姫〟の分際でよくも――！」

振りかぶったアルラウネの手首をフレンが掴んで止めた。

フレンは「ふぅ」とため息をつきながら、冷たい声で言った。

「……もうやめなよ。君達の負けだ。兄上と一緒に捕まって、大人しく罰を受けるんだ」

「放せ！　放しなさい！　私は！　私達エクリュール家は負けてない！　なにが〝いばら姫〟よ！　人の足を引っ張って、傷つけることしか取り柄のない棘の生えたいばら！　そんないばら女なんかに、白薔薇姫の私が負けるはずがな――」

刹那、パァン！　と。

まるで膨らんだ袋が破裂したかのような音を立てて。

鼻血をまき散らしながら、声もなくアルラウネが吹っ飛んでいった。

「……え？」

なにが起こったのか分からないフレンが、ポカンと口を開けて固まる。

「……暴力は好きじゃないのに、あまりにもしつこいものだからつい手が出てしまったじゃない」

その隣で平手打ちを放った体勢のアルダンテが、ピクピクと地面で痙攣しているアルラウネを見下ろして言った。

「――淑女の笑みは三度までよ。お馬鹿さん。それと貴女には言ったことがなかったわね」

ペッと、平手で切れた口の中の血を吐き出す。

叩かれた拍子に地面に落とした重い鉄の扇子を拾い上げたアルダンテは、口端を吊り上げて歯をむき出しにした。

それは誰がどう見ても、国を救った救世主の顔などではなく。

ただ腹が立つ相手を叩き潰すことに喜びを感じる、まぎれもない悪女の笑みだった。

「〝いばら姫〟と私のことを呼んだ者は、誰であろうと容赦なく叩き潰すことにしているの。それを四回も呼んでしまうなんて運が悪かったわね〝白薔薇姫様〟」

エピローグ

戴冠式の騒動から二週間が経った。

あの後、新たに国王代理として名乗りを上げたフレンの手により、クザンとその周りの貴族達の間で行われた不正は徹底的に洗い出された。

その結果、クザンとアルラウネ。さらにマクシムスと宰相バシウス。

それと新たに横領が発覚した元財務大臣のヴェヒターらは、裁判に掛けられることになり、今は監獄でその時を待っていた。

(死刑にはならないでしょうけど、もう一生会うことはないでしょうね)

告発を申し出たマーガレットとネモフィラは免罪されたが、家の没落は確実なため、ふたりで貴族をやめて商売を始めるとアルダンテに語っていた。

世間知らずの元貴族のご令嬢の商売など、どうせろくなものにならないとアルダンテは思ったが、結局特に忠告せずに生暖かい目で見送っている。

(だって別に友達ってわけでもないし。むしろどちらかといえば敵よね?)

バーバラとロディは特に罪を犯したわけではないので、それぞれの家に戻って行ったと聞いたが、最早彼らに興味がないアルダンテにとってはどうでもいいことだった。

「……半年と一月。長いようで短かったわね」

雲ひとつない晴天の朝。

薔薇庭園にやってきた時と同じ白いブラウスと青いスカートを着たアルダンテは、いばら邸の前で太陽に手をかざし、目を細めた。

「作られた目的は最低な薔薇庭園だったけれど、住み心地も景観も……うん、悪くなかったわね」

クザンの婚約者候補を囲うために作られた薔薇庭園は閉鎖となった。

そこに住んでいた薔薇姫と呼ばれる可憐な令嬢達の実家が、すべて余すことなく没落したという凄まじい逸話は、今や王宮の語り草となっているとかいないとか。

「……私は関係ないわよね。悪人達が勝手に没落しただけだし。なんなら私の実家も没落しているし」

なんだか居心地が悪くなったアルダンテは、旅行バッグを抱えてこそこそと薔薇庭園を後にした。

(入口に迎えの馬車が来るって言っていたわね。フレンに協力した報酬はそこでもらえるのかしら)

果たして、薔薇庭園の外の入口には一台の馬車が停車している。

早足で馬車に歩み寄ったアルダンテは、開いていた客席に飛び乗った。

「あら」

対面には帽子を深く被ったひとりの男が乗っている。

（相席なんて聞いていないけど……もしかして乗る馬車を間違えたのかしら）

そんなことを考えている間に、バタンと客席のドアが閉まって馬車が動き出した。

「あの、これって隣国行きの馬車であってます？」

対面の男に尋ねるも、帽子を深く被った彼はなにも答えない。

不審に思ったアルダンテは立ち上がり、御者に向かって声をあげた。

「あの！　これって隣国行きの馬車ですか！」

しかし、スピードを上げ始めた馬車の走行音は非常にうるさく、アルダンテの声は御者に届いていないようだった。

アルダンテが椅子に座り、どうしたものかと考えていると――。

「――やっとふたりきりになれましたね」

対面の男が低くじっとりとした声でしゃべった。

聞き覚えのある声にアルダンテは眉をひそめる。

「もしかして貴方……ロディ？」

男は被っていた帽子を取って素顔を見せる。

そこにはやつれてすっかり頬がこけたロディの顔があった。

「やあアルダンテ。僕に会えなくて寂しかったですか？」

「いいえ、まったく」

即座に答えるアルダンテにロディは笑った。

「強がらなくていいんですよ。本当は寂しいんですよね。分かっていますから。貴女が私に会いたがっていると思って、わざわざ実家のつてを使ってここまで入り込んだのですから、感謝してくださいね」

「どうしたのロディ。どこかで頭でも打った？」

本気で心配になるアルダンテにロディは突然真顔になる。

「それはこちらのセリフですよ。なんですかその口の利き方は。淑女らしく、男にはちゃんと敬語を使ってください。エクリュール家にいた時はずっとそうしていたでしょう？」

鼻白むアルダンテに、ロディは「やれやれ」とため息をついた。

「しっかりしてください。貴女は僕の婚約者なんですから。でも大丈夫。これからもう一度しっかりと、僕が貴女を、僕の婚約者にふさわしいように、立派な淑女として、教育して差し上げ、あげますからね⁉」

突然叫びだして身を乗り出してくるロディに、アルダンテは嫌な顔をしてドアの方に距離を取る。

（明らかに様子がおかしいわ。変な薬でもやっているのかしら）

「どうして逃げるんだい？　そんなに僕のことが嫌い？」

「好きでも嫌いでもないわ。今だから言うけれど……私、貴方にはまったく興味がなかったの」

（でも親が決めたから従っていた。あの頃の私にはエクリュールの家しかなかったし、貴族としての勤めをまっとうすることがすべてと教わっていたから）

「そしてそれはこれからも同じ。その上、家を追放されて家名もない平民の私には、もう婚約者なんて縛りはなくなったわ」

ロディの目をまっすぐ見つめて、アルダンテはその別れの言葉を告げた。

「だからさようならよ、ロディ。それに貴方は貴族なんだから、ちゃんと家柄に合う女と婚約をしないと――」

「なんで僕を拒否するんだよ！　我慢してやってるのはこっちなんだぞ！」

突然ロディが喚き立てる。

あまりの声の大きさにアルダンテは耳をふさいだ。

（なんだっていうのよ、もう）

「本当は僕だってなあ！　お前みたいな愛想のない女なんかより、可愛らしいアルラウネの方がよかったんだ！　でもアルラウネはクザン様と結婚するって言うから、仕方なくお前と婚約したんだぞ！　責任を取れ！　このクソ女が！」

ロディが叫びながらアルダンテに飛び掛かる。

アルダンテはなんとか避けようと身をよじるが、狭い車内では満足に動けるはずもなかった。

「捕まえたぞ……へへ……」

（性格変わりすぎよ、この男。気持ち悪いヤツ……！）

両手首を捕まれ、車内の床に押しつけられたアルダンテは、ロディにのしかかられて完全に身動きが取れなくなる。

「お前は愛想のない女だけど、身体だけはいいものを持ってるって昔から思ってたんだ。でも婚約者だっていうのに婚前交渉どころか一度も手すら握らせなかったよな？　ふざけやがって！　どうせあの頃から僕のことを見下して笑っていたんだろう！　人を舐めるのも大概にしろよ！」

ロディが片手を離して平手を振りかぶる。

頬を叩かれると思ったアルダンテは歯を食いしばってそれに耐えようとした。その直後――。

「――おいおい、淑女に向かって暴力を振るおうとするなんて、男として最低だな君」

「だ、誰だ⁉」

不意に窓の方から聞こえてきた声に、何事かとロディが顔を向ける。

次の瞬間。ドアの窓がバリンと割れて、外から二本の足が車内に突っ込んできた。

「げふっ⁉」

顔面をしたたかに蹴られたロディがくぐもったうめき声をあげながら、その場に仰向けで倒れこむ。

アルダンテは泡を吹いて失神しているロディの身体を押しのけると、身を起こして蹴り足が入ってきた窓の方を見た。

「……なにしているのよ貴方」

窓から足だけ飛び出してきていたフレンが、丁度腰の部分で窓につっかえて上半身が外に取り残されていた。


「――いやあ、君が乗っているって知って馬で並走してたら、中で襲われているのが見えたからさ。格好つけて飛び乗ったらあの始末さ」

馬車を降りたアルダンテは、フレンが乗ってきたという馬に乗っていた。

前面にはアルダンテが、その後ろにフレンを乗せた馬は、ゆっくりカッポカッポと王都に続く人通りのない車道を走っている。

「格好つけすぎよ。それで死んだらどうするのよまったく」

「好きな女の前で格好つけて死ねるなんて、男として本望だと思わない？」

「全然。まったく、思わないわね」

「君ならそう言うと思った。相変わらず冷たいなあ」

アルダンテが背後を振り向くと、フレンがヘラッと笑っていた。

「こんなところで油を売っていていいのかしら。王位を継ぐんだからこれから大変でしょう」

「ああそれね。実は俺、王位を継がないことになったんだ」

「……はい？」

眉をひそめるアルダンテに、フレンはクスッと悪戯《いたずら》が成功した子供のように微笑む。

「俺がつい一週間くらい前に隣国から連れてきた、凄腕の医者が父上の病を治しちゃってね。もう今までの死人みたいだった顔色が嘘みたいにすっかり元気になって毎日怒鳴ってるよ。私が倒れている間に貴様ら重臣共はなにをしていたんだ！ってさ」

（……そういえば、戴冠式の前に二週間ぐらい出かけてくるって言ってたことがあったわね。それってその医者を呼びに行こうとしてたってことかしら）

考え込むアルダンテの頭に、おもむろにフレンが顎を乗せる。

「……ちょっと。重いのだけれど」

「今、俺以外の男のこと考えてなかった？」

「馬鹿。お医者さまのことよ。でもよかったわね、陛下が元気になられて」

なにを一丁前に嫉妬しているんだか、とアルダンテは苦笑する。

「でもこれで国王陛下も安泰ね。もしこれからなにかあったとしても愚か者のクザンではなく、比較的マシな第二王子の貴方が国を継ぐことになるんだし」

「あ、酷いなあ、その言い方。俺にもいっぱいいいところあるでしょ？」

「顔、とか……？」

「性格は？」

「うーん」

「酷くない⁉　鬼！　悪女！」

後ろでフレンが拗《す》ねる気配が伝わってきて、アルダンテはクスッと微笑んだ。

「そういえばこの馬、どこに向かってるの？」

「どこがいい？　好きなところに連れてってあげる。そこで一緒に住もう？」

「ダメよ。貴方は王子様なんだから。それに私は平民だし釣り合わないわ」

「いやいや俺も平民だって。王位継承権はもう放棄してきたし」

アルダンテは顔だけ振り返り、半目になってフレンを見る。

「……さっきも言っていたけれど、本気なの、それ」

「本気だよ。でも心配しないで。ちゃんと兄上よりも俺よりも出来のいい天才の第三王子が王位を継承するからさ」

「第三王子？　そんな人がいたなんて初耳だけど」

「いやいや、君はもう何回も会ってるよ。というか、俺より会った回数多いんじゃないかな」

「記憶にないわ。一体誰のことを――」

その時、アルダンテの脳裏にひとりの金髪の侍女がよみがえった。

「……もしかして、セラン？」

「当たり」

「え？　女の子でしょう？」

「いや、あれ男だよ。可愛いからよく間違われるけどね」

アルダンテは言葉を失った。

それは彼女がエクリュール家を出てから、もっとも衝撃を受けた話だった。

「確かにあの子なら王位も安泰ね。貴方が継ぐよりよっぽどいいわ。きっと素直で賢いいい王様になるでしょうね」

「でしょ？　だから俺も安心して国を出て君と一緒になれるってわけ」

「……協力の報酬は？　約束したわよね？　一生暮らしていけるだけのお金を用意するって。指輪一つじゃ流石に足りないわよ」

「それはこれから一生をかけて君の支えになるってことで、勘弁してくれないかな」

「今までもそうやって女を落としてきたのかしら。悪い男ね」　背後からフレンの手のひらが伸びてきて、アルダンテの手の甲に重なる。

「……手を握る時だけはいつも強引なんだから」

ぼそりとつぶやいたアルダンテは、手のひらを返してフレンの手のひらに自分のそれを重ねた。

「こんな悪女を恋人にして、後悔しても知らないわよ。馬鹿」

「しないさ。だって俺は――」

馬が足を止める。

フレンはアルダンテの顔に自分の顔を寄せると、唇同士がわずかに触れるようなキスをした。

「――そんな悪女の君に心奪われた、馬鹿な王子なのだからね」

番外編　なんて俺好みの格好いい女性なんだ

「私、貴方とどこかで会ったことがある？」

馬上で振り返り、問いかけてくるアルダンテに、フレンは少し間を置いてから答えた。

「……ないけど、どうして？」

「初めて会った時から、私のことをよく知っていたみたいだったから」

不思議がるアルダンテに、フレンはヘラッと笑いながら口を開く。

「君の名前は社交界じゃ有名だったからね。王宮暮らしの俺の耳にもよく噂が流れてきていたんだ」

「ろくな噂じゃなかったでしょうに。それでよく私に声を掛けようと思ったわね」

「逆だよ。むしろ興味が湧いた。噂の悪女がどんな女性なのかってね」

「そう。で？　実際に私を見た感想はどうだったのかしら？」

「もう最高。噂に違わぬ最高の悪女だったよ」

親指を立てるフレンにアルダンテが眉をひそめて鼻白んだ。

「……変わってるわね、貴方」

それきり、興味をなくしたようにアルダンテは前を向く。

そんな素っ気ない素振りでさえ、今のフレンにとっては愛おしかった。

（初めて君と言葉を交わした時、俺がどんなに胸を高鳴らせていたか。君は知る由もないだろうね）

後ろからそっと赤紫色の髪を撫でながら、フレンは初めてアルダンテと出会った日のことを思い出す。

それはまだ、アルダンテが社交界を追放される三年前のことだった。


――――


恋人にするならとびきりの悪女がいい。

誰にも媚びず、取り繕わず。

何者にも屈さず、誰もが恐れるような。

そんなキツイ性格の悪女と付き合いたい。

ずっと婚約者を作らない理由を周囲に聞かれた時、フレン・カーディスはそう言っては「まあそんな人見たことないけどね」と。

軽薄な笑みを浮かべていた。

「――最低ですね。あに様」

王宮で開かれたとある日の夜会での出来事。

広間の片隅で、貴族の令嬢達に囲まれてヘラヘラしていたフレンに、王族が纏う礼服を着た小柄な金髪の少年――第三王子セラン・カーディスが冷たい声でそう言った。

それに対してフレンは、バツが悪そうに苦笑しながら口を開く。

「待ってくれセラン。これは不可抗力だ。俺はただ、彼女達が友達になりたいって言うから――」

「言い訳無用です。ご令嬢の皆さんも、その方に言い寄っても時間の無駄ですよ。婚約者を作る気はないって公言していますから」

セランの言葉を聞いた令嬢達が顔を見合わせた。

第二王子であるフレンに婚約者がいないことを知っていて、玉の輿《こし》を狙っていた彼女達は、脈がないと知ると蜘蛛の子を散らすようにそそくさと去っていく。

「酷いなあ。せっかく仲良くなれそうだったのに」

「酷いのはあに様の方ですよ。頼まれたら断れない性格なのは知っていますけど、彼女達は本気で婚約者を探しているのですから、その気がないのに仲良くしようとしてはいけません」

「おいおい弟よ。その言い草だとまるで俺が本気で婚約者を探していないみたいじゃないか」

「そうですか？　とびきりの悪女がいいだなんて適当なことを吹聴して、婚約の話を全部断っている人が真面目にお相手を探しているとは到底思えませんけど」

痛いところを突かれて「うっ」とうめくフレンにセランはため息をついた。

「あに様ももう十七歳になったのですから、そろそろ王族らしい立ち振る舞いをされてはいかがですか。社交界の一部でも噂になっていますよ。酒と女遊びにしか興味がないちゃらんぽらんな放蕩王子だって」

「参ったな。ほぼ正解だ」

「もうっ。昔はあんなに優秀だったのに、どうしてこうなってしまったんですかね、まったく」

頬を膨らませて不機嫌になるセランの頭を撫でながら、フレンは自分の行動が思い通りの噂を招いていることに安堵しつつも、複雑な気持ちになった。

(自分から仕向けたこととはいえ、悪い評判が広まるっていうのは嫌なものだね)

幼い頃からなんでも人並み以上にこなせて人望もあったフレンは、逆になにをやらせても出来が悪かった第一王子クザンから目の敵にされていた。

そんなクザンに王位を脅かす敵ではないということを示すためにどうしたらいいかと考えた末。

フレンが思いついて取った手段が、だらしない遊び人だと思わせて周囲を失望させるという方法だった。

結果は大成功。今のクザンはフレンのことをただの愚かな弟だと思っていることだろう。

（以前は顔を合わせる度に殺意むき出しの顔で睨まれたけど、今だったらたとえ兄上が王になったとしても、すぐに命を狙われることはないだろう。たぶん）

うんうんとひとり頷いているフレンを見て、セランは呆れた顔のまま言った。

「それにしても悪女がいいだなんて。断るにしても、もう少しマシな言い訳はなかったんですか？　断られた女性が可哀想です」

「それに関してはあながち嘘ってわけでもないんだけどなあ」

婚約者がいないフレンの周りには、いつも数多くの令嬢達が集まってくる。

第二王子という血筋もさることながら、見目麗しく紳士的で女性の扱いにも慣れたフレンは、彼女達にとって最高の婚約者候補だったからだ。

しかし当のフレンは、婚約者はおろか恋人を作ったことすら一度もない。

（貴族社会についてはよく分かっているつもりだ。家のために玉の輿を狙って俺に近づこうとしてくるのも理解はできる。でも――）

幼い頃から異性の打算的な媚びた視線ばかりを浴びせられてきたフレンは、そういった手合いの女性には飽き飽きしていて、最早心が動かなくなっていた。

（でも、もし今までに俺の周りにはいなかった彼女達とは真逆の女性――たとえば俺が思い描く悪女のような、誰にも媚びず、周囲に恐れられても我が道を行くような、そんな格好いい女性が目の前に現れたなら）

「……きっと、とても心惹かれるだろうな。叶わぬ恋になるだろうけどね」

政略結婚が常である貴族達に、愛する相手と結ばれることなど無きに等しい。

さらに王族ともなれば、婚約ひとつで国の将来を揺り動かす結果にすら繋がる。

それが分かっているが故に、悪女を恋人にしたい等とフレンが言っているのは、半ば冗談交じりの言葉だと思われていた。

「本気だったんですかそれ。でも僕が思うに、社交のために夜会に来ているご令嬢の中に、わざわざ悪女なんてレッテルを貼られるような馬鹿げた振る舞いをする人なんて、そうそういないんじゃ――」

「――きゃあ⁉」

その時、広間のどこかから突然女の悲鳴が響いてくる。

フレンはセランと顔を見合わせて言った。

「行くぞセラン。女性の悲鳴だ」

「女性が関わらなくても、それぐらい普段からやる気を出してくれればいいんですけど」

ざわめく貴族達の集まりを避けながら、ふたりは悲鳴がした方向に近づいていく。

そこには床に座り込んでいるひとりの令嬢と――

「あら、ごめんあそばせ」

その令嬢の頭に瓶を逆さに向けて、ワインを浴びせている赤紫髪の令嬢の姿があった。

（ご令嬢同士の喧嘩か？　いや、そんなことよりも彼女は――）

整った小さな顔に、吊り上がった目。

瞳は爛と輝き、スラッと伸びた背筋と自信に満ち溢れたたたずまい。

なによりも、口端を吊り上げたあまりにも悪女めいたその笑みに。

フレンは一瞬で目を奪われた。

「あに様。念願の悪女がいましたよ」

「……ああ。あれは紛うことなき悪女だ」

しばらく言い合いを続けた後、赤紫髪の令嬢はその場に背を向けて広間の出口に歩いて行った。

ワインを掛けられた令嬢が泣きじゃくる中、周囲の貴族達はそれを好奇の目で見るだけでなにもしようとしない。

（赤紫髪の彼女は気になるが、泣いている女性を放っておくわけにはいかないな）

見るに見かねたフレンは令嬢に声をかけようと近づこうとした。

しかしセランに服の袖を引かれて、引き止められる。

「あに様は先程の悪女を追いかけてください」

「いや、幼いお前ひとりに泣いている女性を任せるわけには――」

「なにを今更僕に気を使ってるんですか。あの人が気になるんでしょう？」

気にならないといえば嘘になる。

側から見ればいかにもな悪女が、ひとりの令嬢を虐げているように見えた。

もしそれがただの悪意によるものならば、この国の貴族を束ねる王族の一員として、彼女の悪行を正さなければいけない。

だが紳士淑女の集まりである夜会において、他人の頭にワインをかけるなど、いくらなにか揉めた末のことであったとしても尋常なことではなかった。

（赤紫髪の彼女のドレスにもワインが掛けられた跡があった。なにか訳ありだったのかもしれないな）

半ばそうであってほしいという願望を抱きつつ、フレンはセランに申し訳なさそうに謝意を込めて手を立てる。

「すまない。ここは任せた」

「任されました。あに様よりうまくやってみせますから、ご心配なく」

セランにその場を任せたフレンは、足早に赤紫髪の令嬢の後を追いかけた。

令嬢達の騒ぎなどまるでなかったかのように、再び談笑を始めている貴族達の間をすり抜けて、広間の出口にあたるドアを開ける。

人通りのまばらな王宮の広い廊下に出たフレンは、令嬢が立ち去ったであろう前方を見渡した。

（君のその髪、目立つからとても助かるよ）

すると十メートルほど先に、件の令嬢の姿を発見する。

呼び止めようとしてフレンが口を開いた。しかし――。

（おっと、先客か）

よくよく見てみると赤紫髪の令嬢は、地味なドレスを着た別の令嬢に話しかけられていたので、フレンは邪魔をしては悪いと思い口を閉ざす。

笑顔で何度も頭を下げている令嬢に対して、赤紫髪の彼女は素っ気ない態度で会釈だけを返すと、そのまま廊下の先へと歩いて行った。

（あの笑顔……悪女のはずの彼女に感謝していたように見えたな）

疑問に思ったフレンは、赤紫髪の彼女の後ろ姿をじっと見送っている令嬢に声をかけることにする。

「ちょっといいかな」

「あ、はい……えっ、フレン様⁉」

令嬢は話しかけてきたのが第二王子のフレンだということに気がつき、大きな声をあげた。

「しーっ」

フレンが人さし指を立てて静かにするようにウインクする。

それを見て令嬢はコクコクと首を縦に振って静かになった。

「今さっき、赤紫髪のご令嬢と話していたようだけど、彼女となにかあったのかい？」

「赤紫髪の……アルダンテ様のことでしょうか」

（あのご令嬢、アルダンテというのか）

フレンが頷くと、令嬢は周囲に目配りをしてから他の者に聞かれないように小声で話を始める。

「……私は子爵家の娘なのですが、元は成り上がりの商家の出なので、爵位の高いお嬢様方からよく思われておりませんでした。それ故に理不尽な扱いをされることが多く、先ほども広間でとある侯爵家のお嬢様に、突然因縁を付けられて突き飛ばされまして」

（可哀想に。身分差を理由にした暴力とはまた、古典的な嫌がらせをするものだ）

フレンの同情的な視線に気づいた彼女は、自分は大丈夫だと示すようにフルフルと首を横に振った。

「その直後、偶然通りかかったアルダンテ様がその場を見てこう言ったのです。私の視界の中で下らないことをするのは止めてくれる？　邪魔だし不愉快なの、と」

「――――は」

あまりに格好がいい、まるで舞台役者のようなアルダンテの登場に、思わず笑いがこみ上げたフレンは口元を押さえる。

首を傾げる目の前の令嬢にフレンは、コホンと咳払いをした。

「大丈夫、続けてくれ」

「は、はい」

フレンの様子に首を傾げながらも、令嬢はさらに話を続ける。

「窘められた侯爵家の方は……文句を言われたことが余程腹に据えかねたのでしょう。そのままその場を去ろうとするアルダンテ様のドレスに、突然ワインを掛けたのです。その後は――」

そこまで聞いたフレンは、令嬢が話しているのが先程自分とセランの目の前で繰り広げられていた広間での一幕だったということに気がついた。

「大丈夫、その後は俺も見ていたから。ありがとう、あれにはそういう事情があったんだね」

先に手を出したのは相手の令嬢だったことを聞いて、フレンは赤紫髪の令嬢がただ悪意にまみれた悪女ではなかったことを知る。

その結果、余計に彼女のことを知りたい気持ちが大きくなっていった。

（ただの悪意からくる行動ではなく、先にやられたからやり返しただけだったんだね。それも徹底的に容赦ない実力行使を持って、か）

「――なんて俺好みの格好いい女性なんだ」

「はい？」

「いや、なんでもないよ。それよりも彼女――アルダンテはいつもあんな風に誰かを叩き潰して……じゃなかった。助けているのかい？」

「いつもかは分かりませんが、少なくとも爵位の低い私のような者にとってアルダンテ様は憧れのお方です。立ち振る舞いから誤解されやすい方ですが、爵位の高い傲慢な方々に虐げられている人を助けられたというお噂は、よく耳にしますから」

ご本人は助けたつもりなどないと否定されるでしょうけど、と付け加えた後。

令嬢は会釈をしてその場を去って行った。

その場に残されたフレンは、アルダンテのことを想像して目を閉じる。

（もし今のご令嬢の話がすべて本当のことなら――）

「ついに俺は、運命の人に出会ってしまったかもしれない」

誰にも媚びず、取り繕わず。

何者にも屈さず、誰もが恐れるような。

そんなキツイ性格の悪女。

アルダンテは正に、フレンにとって自分の理想を体現したかのような女性だった。

（しかも彼女の行動は本人の意図しないところで、救いを求めている立場の弱い人達を助けているときた）

あまりにも出来すぎている。それではまるで物語の主人公だ。

そんな人間が、本当にこの世に存在するのか？

気持ちが昂《たかぶ》る反面、心の片隅で自分の理性がそう言っていた。

「……アルダンテか」

目を開いたフレンは、アルダンテが去っていった廊下の先を見つめながらつぶやく。

「君が本当に俺が思い描く運命の人なのかどうか、これから見定めさせてもらうとしよう。願わくば――」

（そうであってくれることを祈るよ）


こうしてフレンは、その後アルダンテの姿を夜会で見る度、視界の端で追い続けた。

アルダンテが本当に自分が理想とする悪女なのかを確かめるために。

そして彼女はフレンの期待通り、周囲の貴族の子女達を容赦なく叩き潰すことで自分が悪女だということを証明した。

その結果、ついにアルダンテは王宮から社交界の出入り禁止命令を下されたのである。

それから三年間。

フレンはずっと、たとえ夜会で姿を見ることができなくなっても、アルダンテのことを思い続けた。

いつか再びその姿を見た時には、思い人である彼女に、絶対に自分の想いを伝えようと決意しながら。

――――

馬にまたがって緩やかに身体を揺らすアルダンテを後ろから抱きしめながら、フレンは言った。

「俺はさ、アルダンテのことが好きだよ」

不意に囁かれたアルダンテが、ビクッと小さく身体を震わせる。

彼女は怪訝な表情で振り返って、眉をひそめながら言った。

「……いきなりなに？」

「初めて会った時、一目惚れをしたとは言ったけど、ちゃんと告白はしなかっただろう？　だから忘れない内に今言っておこうと思ってさ」

ヘラッと笑いながら言うフレンに、アルダンテは「はいはい」と投げやりに答える。

「それまで一度も話したことがなかった私に、突然愛の告白をしようとしていたのね。王子様は軟派でいらっしゃること」

「そう。だからその時には我慢したんだよ。言っても嫌われなくなるまで待とうと思ってさ」

（三年間も待ったんだ。いつか渡そうと思って、わざわざ君の指に合う指輪まで用意してね。今更少しくらい我慢するなんてわけがないことさ）

心の中でそう思いながらも、自分がそこまで執着していたことをアルダンテに知られれば引かれるかもと思い、フレンは口をつぐんだ。

誰にどう思われようがまるで気にしなかった自分が、アルダンテの一挙一動が気になって仕方がない。

誰かを愛するということが、こんなにもくすぐったくて気恥ずかしいものだったなんて知らなかった。

(国で一番モテる王子様の俺をそんな気持ちにさせてしまうなんて、やっぱり君は悪い人だね)

そんなフレンの内心を知らないアルダンテは、相も変わらずの素っ気ない表情で口を開く。

「へえ。まるで今なら嫌われないとでも言いたそうな口ぶりね」

「うぬぼれかもしれないけど、正直今なら言っても大丈夫かなって思ってるよ。だって、さっき突然キスをしても君は許してくれただろう――っと」

馬を止めたアルダンテが、じっと上目使いでフレンの顔を見る。

フレンが見つめ返すと、アルダンテは目を細めて口を開いた。

「悪女が好きって言うけど、じゃあ悪女だったら私じゃなくてもよかったの?」

少し思案した後、フレンは首を横に振る。

「……いいや。確かに最初は今まで自分の周りにいなかった悪女らしい君の部分に惹かれていたのは事実だけど、一緒にいる内にその考えは変わったよ」

そしてフレンはいつもの軽薄な笑みではなく。

愛おしい人へ向ける穏やかな笑みを浮かべて言った。

「今では君のすべてが愛おしい。悪女らしいところも、それ以外の――そう、たとえば」

フレンが自分の手元に視線を落とすと、いつの間にかアルダンテの指が自分の指に絡んでいる。

その指は決してフレンを逃がさないようにと、ぎゅっと強く握られていた。

「言葉では決して好きって言わない、照れ屋さんなところとかね。可愛すぎるよ、君」

そっぽを向くアルダンテの頬はわずかに赤く染まっている。

夕日のせいだと言い張るアルダンテに、フレンは「可愛いね」と告げて、また彼女を怒らせるのだった。

あとがき

鳳ナナと申します。

この度は今作を手に取っていただき誠にありがとうございます。

【極上の大逆転シリーズ】のお話を頂いた時は、そんな面白そうな企画に参加させてもらっていいいんですか⁉と目をキラキラさせて飛びつかせて頂きました。

何しろ鳳は美しい貴族令嬢が優雅に悪党を打ちのめすお話に目がなく、普段からその手の小説や漫画を片っ端から購入しては読んでいる程のざまぁスキーなのです。

そんなわけで書き始めたこのお話、あれも入れたい！　これも入れたい！　と思いつく限りの好きな要素をこれでもかと詰め込みました。

メンタル最強でドSの悪役令嬢や、女装ショタや、チャラそうに見えて一途なイケメン王子様や、悪女同士の共闘等々。（あとがきから読む派の方がいましたらネタバレごめんなさい！）

とにかくページをめくる度に鳳の好きなシチュエーションやキャラがページから飛び出してくる、まるでテーマパークのような一作になったと思います。

そんな今作のキャラ達を美麗なイラストで描いて下さった藤実《ふじみ》なんな様。

アルダンテの表紙絵を初めて見せて頂いた瞬間、この作品を作って良かったと心から思いました。

意志の強い瞳に、自信に満ち溢れた表情、それに華麗で世界観に映えるドレス。

それは正に自分が思い描いていたアルダンテそのものでした。

もちろんフレンや薔薇姫達もイメージぴったりで、あとがきを書いている今も早く本になって挿絵を見るのが楽しみ過ぎて、毎日そわそわしている次第です。

ご多忙の中、お仕事を引き受けて下さり誠にありがとうございました。

また担当編集様、筆もメールも遅くマイペースな鳳のせいで色々と気苦労を与えてしまい、大変なご迷惑とお世話をお掛けしました。

校正の原稿に書かれたコメントではとても励まされ、最後まで楽しく書ききることができたのは担当編集様のお陰でございます。ありがとうございました。

そして最後に読者の皆様。

ここまで読んで下さり誠にありがとうございました。

今作で書かれた鳳の好きなキャラ達やお話が、皆様に少しでも「好き！」と言って頂けたなら幸いです。

それではまたいつか、どこかのお話で皆様にお会いできることを願っております。

鳳《おおとり》ナナ

淑女の笑みは三度まで
～腐りきった貴族の皆様に最高の結末を～
【極上の大逆転シリーズ2024】

2024年7月5日　初版第1刷発行

著　者　鳳ナナ

© Nana Otori 2024

発行人　菊地修一

発行所　スターツ出版株式会社

〒104-0031　東京都中央区京橋1-3-1　八重洲口大栄ビル7F
TEL　03-6202-0386（出版マーケティンググループ）
TEL　050-5538-5679（書店様向けご注文専用ダイヤル）
URL　https://starts-pub.jp/

印刷所　大日本印刷株式会社

ISBN　978-4-8137-9343-4　C0093　Printed in Japan

この物語はフィクションです。
実在の人物、団体等とは一切関係がありません。
※乱丁・落丁などの不良品はお取替えいたします。
上記出版マーケティンググループまでお問い合わせください。
※本書を無断で複写することは、著作権法により禁じられています。
※定価はカバーに記載されています。

［鳳ナナ先生へのファンレター宛先］
〒104-0031　東京都中央区京橋1-3-1　八重洲口大栄ビル7F
スターツ出版（株）　書籍編集部気付　鳳ナナ先生